MUTIUS

OU

ROME LIBRE,

TRAGÉDIE.

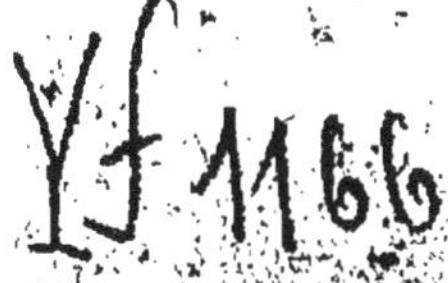

MUTIUS

ou

ROME LIBRE,

Tragédie.

En cinq Actes, en Vers,

Par E. T. SIMON, D. T.

∴ Le monde affranchi, sous l'empire des lois,
Maintiendra les vertus à la place des rois.

PARIS.

AN 10.

A MES LECTEURS.

Cette Tragédie fut composée en 1793. Les Comédiens français venaient de représenter un *Mutius Scévola* en trois actes ; ils avaient donné vingt-cinq louis à Mr Ronsin pour recrépir le *Scévola* de Du Ryer ; telles furent les objections qu'ils opposèrent à l'admission de ma pièce.

Des hommes revêtus alors de l'autorité suprême, au suffrage desquels je soumis cet ouvrage, trouvèrent que je n'avais point assez avili la royauté dans le rôle de Porsenna. Les crises qu'éprouvèrent les acteurs du théâtre tragique, les variations de l'opinion depuis cette époque, suspendirent les efforts que j'aurais pu faire pour me montrer au grand jour de la scène. Applaudi dans quelques sociétés par des personnes dont j'estime l'opinion et le goût, j'ai cru qu'au défaut des hon-

heurs bruyans et dangereux du théâtre,
je devais me contenter de l'épreuve mo-
deste de l'impression. Je suis vieux et je
veux achever de jouir.

Le sujet que j'ai traité appartient à l'histoire (1). Si les passions me jugent, relégué
dans la classe des auteurs de circonstance,
me voilà condamné sans appel. Si l'on
veut au contraire apprécier la tentative
que j'ai faite d'attacher pendant cinq
actes l'attention à un sujet qui, selon
l'opinion commune, n'est pas susceptible
d'un pareil développement ; si l'on veut
considérer que j'ai fait marcher l'action,
sans employer, comme Du Ryer, le secours
d'un amour fastidieux qu'un sujet aussi
austère ne comporte pas, et que j'ai
soutenu l'intérêt jusqu'au dernier moment
sans déroger aux règles sévères et in-
dispensables des unités, les véritables
gens de lettres auront pour moi les égards
que j'attends de leur justice. Les critiques
de profession et les gens de parti sont
trop méprisables pour que je m'embar-
rasse de leurs jugemens.

J'ai fait agir et parler chacun de mes
personnages d'après le rôle que lui donne
l'histoire. Ceux que la distribution théâ-
trale et le besoin des contrastes m'a
fait créer tiennent également le langage
convenable à leur situation. Malheur
au méchant qui se ferait un plaisir coupable d'isoler leur discours ! malheur à
celui qui ne démêlerait pas, au milieu
de ce choc d'actions ou d'idées opposées,
l'attachement de l'auteur à l'ordre public,
à l'autorité légitime, son respect pour les
lois et son amour pour sa patrie !

---

(1) EXCERPTA EX TITO LIVIO.

DE MUTIO.

PORSENA primo conatu repulsus....
præsidio in Janiculo locato, ipse in plano
ripisque Tiberis castra posuit.... ne quid
Romam frumenti subvehi sineret... neque
quisquam extrà portas propellere auderet...
obsidio erat nihilominùs, et frumenti cum
summâ caritate inopia : sedendoque expu-
gnaturum se urbem spem Porsena habebat,
quum C. Mucius, adolescens nobilis, cui

indignum videbatur, populum romanum..
liberum........ ab iisdem Etruscis obsideri
quorum saepè exercitus fuderit... penetrare
in hostium castra constituit. . .Approbant
Patres : abdito intrà vestem ferro, profi-
ciscitur.... quùm stipendium fortè mili-
tibus daretur.... scribam pro rege obtrun-
cat. ... Antè tribunal regis destitutus.....
metuendus magis quam metuens, *Romanus
sum*, inquit : *hostis hostem occidere vo-
lui.... et facere et pati fortia Romanum
est. Nec unus in te ego hos animos gessi :
longus post me ordo est idem petentium
decus.... hoc tibi juventus romana indi-
cimus bellum.... uni tibi, et cum singulis
res erit.* Quum rex irâ infensus periculoque
conterritus circumdari ignes minitabundùs
juberet, nisi exprimeret properè quas insi-
diarum sibi minas per ambàges jaceret; *en
tibi*, inquit, *ut sentias quàm vile corpus
sit iis qui magnam gloriam vident :* dex-
tramque accenso ad sacrificium foculo inji-
cit.... Propè attonitus miraculo rex, quum
ab sede suâ prosiluisset, amoverique ab
altaribus juvenem jussisset.... *Juberem
macte virtute esse, si pro meâ patriâ ista
virtus staret. Nunc jure belli liberum te
intactum, inviolatumque hinc dimitto....*

Compositâ pace, exercitum ab Janiculo deduxit Porsena, et agro romano excessit.

DE CLÆLIA.

.... Clælia virgo, una ex obsidibus... dux agminis virginum inter tela hostium Tiberim tranavit....

DE HORATIO COCLITE.

.... Pons sublicius iter penè hostibus dedit, ni unus vir fuisset, Horatius Cocles .... Vadit in primum aditum pontis .... ipso miraculo audaciæ obtupefecit hostes .... cunctati aliquamdiu .... clamore sublato undique in unum hostem tela conjiciunt. Quæ quum in objecto cuncta scuto hæsissent..... quum simul fragor rupti pontis .... pavore subito impetum sustinuit. Tum Cocles, *Tiberine pater*, inquit, *te sancte praecor, haec arma et hunc militem propitio flumine accipias*. Ita sic armatus in Tiberim desiluit : multisque super incidentibus telis, incolumis ad suos tranavit.

Tit. Liv. Lib. 11⁰.

PERSONNAGES.

PUBLICOLA, Consul romain.
MUTIUS, jeune Romain.
FABIUS, ami de Mutius.
CIMBER, Romain, ami de Mutia.
AUDAX,
VIGIL, } Romains, hommes du peuple.
PORSENNA, Roi d'Etrurie.
ATTALE, Ambassadeur de Porsenna.
PHANOR, Général de l'armée des Etrusques.
MUTIA, Romaine, mère de Mutius.
CLÉLIE, Romaine, fille de Publicola, pro-
   mise à Mutius.

Sénateurs ; Romains ; Licteurs ; onze jeunes
 Romaines, compagnes de Clélie, otages au
 camp de Porsenna.
Officiers et Soldats Etrusques, Aruspices, Prêtres
 toscans.

*Les trois premiers actes se passent à Rome, au
champ de Mars. On y voit le Capitole où s'assemble
le Sénat, le Temple de Mars, plusieurs statues,
dont une de la Liberté, l'autre de Brutus.*

*Les deux derniers actes se passent au camp de
Porsenna. Rome paraît dans le fond. Le Tibre
coule entre cette ville et le camp.*

MUTIUS

OU

ROME LIBRE.

ACTE PREMIER.

SCÈNE PREMIÈRE.

MUTIUS, les Soldats romains, prisonniers avec lui, auxquels on vient de rendre la liberté.

MUTIUS.

Enfin je te revois, ô ma chère patrie !
Les Dieux, pour te servir, ont protégé ma vie.
Je ne regrette plus d'avoir porté des fers
Puisque la liberté survit à mes revers.
Pardonne à Mutius un indigne esclavage :
Le sort peut quelquefois trahir un grand courage.
Dans l'ombre de la nuit surpris, enveloppé,
J'ai reçu sans le voir le coup qui m'a frappé.
Sensibles à ma honte, au tourment qui me brûle,
Que ne m'écrasiez-vous, ô murs du Janicule !
Mon cœur eût préféré l'honneur d'un beau trépas

A

A la fausse pitié qui désarma mon bras.
Mais je promets au ciel, aux Romains, à la gloire
D'effacer un affront qui tache ma mémoire ;
De montrer à la terre, à Rome, à ses enfans,
Ce que peut un Romain qui combat les tyrans.

Ils sont encor debout ces murs que l'Etrurie
Menaçait d'accabler de toute sa furie ;
Le Capitole est libre, et le Sénat romain
N'est plus souillé de l'air que respire un Tarquin.

(à ses compagnons.)

Infortunés amis, compagnons de mes peines,
Vos bras ne seront plus pressés d'indignes chaînes ;
Vos bras seront armés ; et les Dieux protecteurs
Livreront vos bourreaux à nos glaives vengeurs.
Mais, Fabius paraît...... O vous dont l'énergie
Du trouble et des terreurs fut toujours affranchie,
Allez porter la joie au sein de vos foyers,
Et préparer vos cœurs à de nouveaux dangers.

(Les Romains sortent.)

SCÈNE II.

MUTIUS, FABIUS.

FABIUS.

MES yeux, me trompez-vous ? est-ce toi que
　　j'embrasse,
Mutius, mon ami ?

MUTIUS.

Dans ma triste disgrace,
Funeste et vil objet de honte et de pitié,
Me reste-t-il un cœur ouvert à l'amitié?

FABIUS.

Que dis-tu? Rome entière a vu couler nos larmes.
Nos regrets ont lavé le malheur de tes armes.
Quoi! du choc des combats le succès incertain
D'un guerrier qui succombe avilirait la main?
Rejette loin de toi cette injuste pensée
Dont rougit ton ami, dont Rome est offensée,
Dont le Ciel bienfaisant qui règle leurs destins,
S'ils l'osaient concevoir, punirait les Romains.

MUTIUS.

Ah! peins-toi, s'il se peut, le trouble de mon ame,
Quand je sentis, parmi le tumulte et la flamme,
Des chaînes du sommeil à peine dégagés,
Mes bras de fers honteux par des brigands chargés.
Sous leur nombre opprimé, mon corps, dans ces
        entraves,
Cédait, en frémissant, à de lâches esclaves,
Et, muet de fureur, ton ami malheureux
Plaignait jusqu'aux regards qu'il abaissait sur eux.

Bientôt un noir cachot dont on ferma l'issue,
Déroba tout-à-coup tant d'horreurs à ma vue.
Seul, enchaîné, vaincu, de ma honte accablé,
J'accusais le sommeil qui m'avait immolé;

Mille monstres nouveaux s'élevaient des ténèbres,
Et portaient à mon cœur leurs images funèbres.
La terreur me peignait les fiers enfans de Mars
Sous le fer assassin tombant de toutes parts :
De mes cruels bourreaux je voyais la furie
De sang et de forfaits inonder ma patrie,
Et Rome, abandonnée à de vils oppresseurs,
Retomber sous le joug de ses tyrans vainqueurs.

FABIUS.

Non ; Coclès dans son vol arrêta la victoire,
Et s'acquit en ce jour une éternelle gloire.

MUTIUS.

Coclès : ô digne ami !

FABIUS.

              Déjà , par ses succès
L'Etrusque enorgueilli formait d'autres projets :
Porsenna, dont le glaive abattait nos cohortes,
Voulait de Rome enfin se faire ouvrir les portes.
Nos soldats en désordre, épars, épouvantés,
Sous les coups du trépas fuyaient de tous côtés,
Et, pour mieux échapper aux mortelles alarmes,
Dans les champs, derrière eux, laissaient tomber
      leurs armes :
Il semblait que le Ciel, secondant leurs terreurs,
Eût, avec les Tarquins, conjuré nos malheurs.
Le Tibre seul encor, ceignant la ville entière,
Opposait aux Toscans une faible barrière.
Le pont Sublicius, élevé sur ses bords,

Va livrer un passage à leurs nouveaux efforts…
Mais un guerrier… Coclès… s'avance et les arrête.
Seul, à toute une armée il oppose sa tête,
Seul frappé sans effet, et frappant au hazard,
D'assaillans terrassés il se fait un rempart,
Tandis que les Romains, que sa valeur enflamme,
Vont détruire le pont par le fer et la flamme.
Du geste et de la voix il presse leurs travaux,
Et brave également l'onde et les javelots.
Le Toscan stupéfait de son heureuse audace,
Reste en suspens, admire un succès qui le glace,
Et s'étonne de voir mille traits élancés
Avec son bouclier mille fois repoussés.
Par l'effroi qu'il ressent sa main est désarmée :
Coclès lui semble un dieu qui tonne sur l'armée.
Cependant le guerrier, sous ses pieds chancelans,
Sent du pont qui périt crouler les fondemens :
Saisi d'un saint transport, aussitôt il s'écrie :
« Tibre, ouvre-moi ton sein ; j'ai sauvé ma patrie;
» Dispose de mes jours », et soudain dans ses flots
Le fleuve en tressaillant accueille le héros.
Honteux de voir tomber l'espoir de sa conquête,
L'Etrusque, en rugissant, à se venger s'apprête ;
Mais sa rage et ses traits s'épuisent sur les bords
Du Tibre protecteur qui rend vains ses efforts ;
Et, toujours soutenu par l'onde et son courage,
Coclès, parmi les siens, aborde le rivage.

M U T I U S.

O gloire ! ô digne prix d'une haute vertu !

1 *

MUTIUS.

FABIUS.

De ses premiers revers le soldat abattu
Au cœur des citoyens avait porté le trouble ;
Mais par cette action leur courage redouble,
Et dans tous nos remparts le nom de liberté,
Parmi des cris de joie, est cent fois répété.

MUTIUS.

Ainsi diversement les guidant sur sa roue
Des projets des humains la fortune se joue :
Tandis que sans honneur mon bras est enchaîné,
Coclès d'un beau laurier voit son front couronné.
Il réprime lui seul la valeur d'une armée,
Et ta main, Mutius, sans peine est désarmée.
Coclès à deux tyrans inspire un juste effroi
A l'instant où je cède aux esclaves d'un roi !

FABIUS.

Du sort qui t'a trahi dédaigne le caprice :
Des revers, des succès balancent sa justice.
Un guerrier est vaincu, l'autre est victorieux ;
La liberté survit : voilà la main des Dieux.

MUTIUS.

Le triomphe de Rome a-t-il lavé ma honte ?

FABIUS.

Quels que soient ses malheurs, un grand cœur les
    surmonte.

MUTIUS.

Les signes de mes fers sur mes bras sont tracés.

FABIUS.

Des mains de la victoire ils seront effacés.

MUTIUS.

En quels lieux, en quels temps, où chercher la
victoire ?

FABIUS.

Dans les murs, hors des murs, tout respire la gloire;
Tout offre au citoyen un laurier à cueillir,
Des tyrans à dompter, des traîtres à punir.

MUTIUS.

Des traîtres ! Rome encor les souffre en son
enceinte ?

FABIUS.

Ils ont deux protecteurs, la bassesse et la feinte.

MUTIUS.

Exterminez, grands Dieux ! de la société
Quiconque sans pudeur trahit la liberté :
Frappez la perfidie . . . ou si votre indulgence
Peut d'un coupable front détourner la vengeance,
Pardonnez donc du moins à la main du mortel
Qui remplirait pour vous ce devoir éternel !

FABIUS.

Ah ! si tu connaissais avec quel art perfide
Ils savent déguiser la fureur qui les guide;
Comme, sous le rempart de nos nouvelles lois,

Ils rangent les complots qu'ils trament pour leurs
        rois ,
Combien tous les discours de leurs bouches impures
Sous des dehors loyaux recèlent de parjures ;
Par quels sombres détours, semant des bruits
        trompeurs ,
Du peuple et des soldats ils ébranlent les cœurs !
C'est sur-tout au Sénat qu'il faut voir leur faux zèle
Tonner pour la patrie et conspirer contre elle,
Rome n'a point d'amis plus fervens et plus purs ;
Et de Rome aux tyrans ils ouvriraient les murs.

MUTIUS.

Et qui sont ces pervers ?

FABIUS.

                         Ceux que leur opulence
Du joug sacré des lois affranchit par avance ;
Ces cœurs ambitieux, avides de grandeurs,
Tantôt vils corrompus ou lâches corrupteurs ,
Dont l'avarice ardente et jamais assouvie
Aux vices des tyrans a consacré leur vie.
Des femmes que flattait un faste somptueux,
Dont le luxe des cours éblouissait les yeux ;
De ces conspirateurs encouragent l'audace.
Tour-à-tour employant l'intrigue, la menace ,
Du peuple qui s'assemble ils agitent les flots ,
Et le peuple abusé seconde leurs complots.
Mais je vois s'approcher Mutia,

MUTIUS.

> Ciel ! ma mère.

FABIUS.

Souviens-toi qu'aux Tarquins jadis elle fut chère.
Je te laisse avec elle : adieu ... Cimber la suit ...
Le jour où des tyrans le regne fut détruit,
Cimber a vu tomber l'espoir de vingt années
Qu'aux faveurs de la cour il avait destinées ;
Souviens-t'en. *(Il sort.)*

SCÈNE III.

MUTIUS, MUTIA, CIMBER.

MUTIA.

LE voilà, les Dieux me l'ont rendu.

MUTIUS.

Mon premier soin peut-être à vous seule était dû ;
Mais d'un œil indulgent contemplez, je vous prie,
Un romain, un soldat qui revoit sa patrie.

MUTIA.

Je t'excuse, mon fils : en ces tems désastreux,
Te serrer dans mes bras c'est tout ce que je veux.
Je n'examine point de Rome ou de ta mère
Qui dut à ton retour t'occuper la première :
Tu manquais à mon cœur, et je bénis le jour.

Où la faveur du Ciel te rend à mon amour.
Heureuse qu'au milieu du trouble et des alarmes,
Un fils reconnaissant vienne essuyer mes larmes.

MUTIUS.

Ah ! puissé-je en tarir le déplorable cours !
Puisse un bonheur constant s'étendre sur vos jours !

MUTIA.

Le bonheur….ah ! de Rome il a fui sans ressource.
Chaque jour la révolte en épuise la source.

MUTIUS.

La révolte ! . . . . .ose-t-on avec impunité
De ce nom odieux flétrir la liberté ?

MUTIA.

N'embrasse point, mon fils, un fantôme stérile
Qu'un parti formidable offre à ton cœur facile,
Quand, sur l'opinion cherchant à s'aggrandir,
Il dégrade le sceptre afin de s'en saisir.
Crois-tu que de ses rois dévastant l'héritage
Rome en effet se soit soustraite à l'esclavage ?
Connais mieux des humains les cœurs ambitieux:
S'ils flattent leurs égaux, c'est pour regner sur eux.
Vos chefs, vos sénateurs, divisés par la haîne,
Traînant dans les soupçons une marche incertaine,
Abandonnant le peuple à ses égaremens,
De l'Etat ébranlé sappent les fondemens.
Ce code qu'à Numa, père de sa patrie,
Inspirèrent le Ciel et la tendre Egérie,

Ces lois d'un peuple bon, sage et religieux,
Qui provoquaient sur nous l'assistance des Dieux,
C'est par l'ambition qu'elles sont déchirées ;
L'impiété détruit leurs maximes sacrées.
Les lambris révérés du trône et des autels
Ont été violés par la main des mortels.
Au nom de liberté, l'indomptable licence
Evoque des bourreaux, le meurtre et la vengeance;
Et Rome vainement semble élever sa voix
Pour faire exécuter d'insuffisantes lois.
Et tu peux admirer ce triomphe des crimes,
Cette subversion de nos droits légitimes,
Ce délire insensé d'un peuple furieux
Qui s'attaque à ses rois et blasphême ses Dieux !

MUTIUS.

O ma mère ! est-ce vous... ? quel étrange langage!
Rome a-t-elle en effet mérité cet outrage
Lorsque de ses tyrans détruisant les pouvoirs,
Elle a rempli contre eux le plus saint des devoirs ?

MUTIA.

Le devoir fut toujours d'obéir à ses maîtres.

MUTIUS.

Le devoir des Romains fut de chasser des traîtres.

MUTIA.

C'est ainsi qu'un sujet ose appeler ses rois !

MUTIUS.

C'est le nom du tyran qui viole les lois.

M U T I A.

Et n'est-ce pas des Dieux que lui vient sa couronne?

M U T I U S.

Au peuple elle appartient; et c'est lui qui la donne.

M U T I A.

Des ayeux de Tarquin les droits sont-ils douteux ?

M U T I U S.

Que n'eut-il des vertus plutôt que des ayeux !
Que dis-je, des vertus !... en est-il sur un trône
Que l'absolu pouvoir de sa force environne ?
Où l'étude et l'effort de chaque successeur
Est d'outrer les excès de son prédécesseur ?
   Des vertus de Numa Tullus perdit la trace ;
Ses succès contre nous armèrent son audace ,
Et son sceptre accablant pesa sur les Romains
Plus que le fer vainqueur qui frappa les Latins.
Ancus aima les arts : sa politique amère
Inventa des cachots le supplice arbitraire.
Loin d'opposer sa force à cet abus nouveau ,
Rome applaudit au roi qui creusait son tombeau.
Après lui , des Tarquins la famille étrangère
De forfaits monstrueux inonda cette terre.
L'intrigue et l'impudence obtinrent les grandeurs ;
L'or fit asseoir le crime au rang des Sénateurs.
Brisant l'égalité pour grossir sa puissance ,
Servius des Etats marqua la différence.
De son trône sanglant le barbare héritier,

De nos lâches tyrans le pire et le dernier,
Tarquin... mais vous, ma mère, ignorez-vous ses
        crimes ?
Vous auriez, comme moi, pu compter ses victimes
Si sa fureur stupide avait su s'arrêter.

Et voilà tous ces rois que vous osez vanter !
Quel droit à notre amour peut avoir un perfide
Que plaça sur le trône un poignard parricide ?
Dont l'épouse... A ce nom à jamais détesté,
Ma voix s'éteint ; mon cœur frémit épouvanté.
Je vois des flots de sang, et de son hyménée
La torche de Mégère éclairer la journée.
J'entends rouler son char, et sous l'essieu brûlant
De son père, à sa voix, gémir le corps sanglant...
Tristes avant-coureurs et funeste présage
Des maux que Rome dut attendre de sa rage.

MUTIA.

Qu'importe à des sujets le désastre des rois,
Si de l'obéissance ils écoutent la voix ?
Le tonnerre, en grondant sur ces illustres têtes,
Sur un peuple soumis n'étend point ses tempêtes.

MUTIUS.

Oui, sa colère épargne un esclave à genoux,
Mais le citoyen libre est en butte à ses coups.
Nos lois, dont nos tyrans connaissent la faiblesse,
Des fureurs de Sextus n'ont pas sauvé Lucrèce.

(Pendant cette scène, Cimber se montre inquiet.
Il sort en ce moment.)

2

MUTIA.

Et vos nouveaux tyrans sont-ils plus vertueux ?
Des amis de vos rois le sang coule par eux ;
Mais cent fois plus cruels, plus ardens au carnage,
A la nature même ils osent faire outrage ;
Et du meurtre d'un fils déshonorant leurs bras,
Eriger en vertus d'affreux assassinats.

MUTIUS.

Brutus au moins fut juste, et sauva la patrie.

MUTIA.

Et ce Publicola dont l'adroite industrie
Entre Tarquin et lui, par ses ménagemens,
Prépare avec tant d'art des accommodemens,
Qui, mettant ses foyers à l'abri des orages,
En père, en sénateur, sait choisir ses otages ;
Sans doute ses vertus obtiendront vos respects :
Ses sentimens au moins ne vous sont pas suspects ;
Votre captivité n'a point changé son ame ;
Il vous garde avec soin, dans sa fille, une femme.

MUTIUS.

Que dites-vous ? Clélie,...

MUTIA.

      Au camp de Porsenna
Vous irez réclamer sa foi qu'il vous donna.

MUTIUS.

Clélie est au pouvoir....

M U T I A.

De Tarquin.

M U T I U S.

Ah ! ma mère....

M U T I A.

Eh ! contre vos erreurs souffrez qu'on vous éclaire.
Des cœurs ambitieux connaissez les replis,
Et sachez donc enfin quels sont nos ennemis.

S C È N E I V.

M U T I U S, M U T I A, C I M B E R.

C I M B E R.

Madame, en cet instant de nombreuses cohortes
Du palais du Consul vont assiéger les portes.
Le peuple, qui commence à sentir des regrets,
Ouvre un moment ses yeux sur ses vrais intérêts.
Ces murs qu'il voit construire au sommet de Vélie,
Lui semblent un rempart propre à la tyrannie ;
Il veut être certain, en cette extrémité,
S'il combat pour un homme ou pour la liberté.

M U T I A.

Citoyens abusés, qu'un vain prestige égare,
Vous sentez donc l'horreur du sort qu'on vous pré-
     pare.

Réprimez, repoussez l'effort des factieux :
En secondant vos rois vous servirez les Dieux.

MUTIUS.

Ma mère, . . . et vous, Cimber, je comprends ce
    langage.
Du peuple assez souvent l'erreur est le partage ;
Mais de quelque côté que vienne cette erreur ,
Elle est de son esprit et jamais de son cœur.
Du voile déchiré la vérité s'élance,
Et le jour qui la suit éclaire sa vengeance.

   De ce peuple ameuté je veux suivre les flots ;
De ses agitateurs j'épierai les complots ;
Et quel que soit le sort de ma triste patrie,
C'est à sa liberté que j'immole ma vie.

(Il sort.)

─────────────────

SCÈNE V.

MUTIA, CIMBER,

MUTIA.

IL m'échappe...., et ce cœur ardent, impétueux,
Auprès de nos tyrans va s'enflammer pour eux.
Allez, Cimber, allez : suivez-le avec adresse ;
De vos conseils prudens éclairez sa jeunesse
De ses premiers exploits des fers furent le prix ;
Sauvez de plus grands maux et la mère et le fils.

A la bouillante ardeur qu'il sent pour sa patrie
Opposez le penchant qui l'entraîne à Clélie ;
Et que de Mutia le fils infortuné,
Aux vengeances des rois ne soit point destiné.

CIMBER.

Ecartez ces terreurs : si son jeune courage
S'indigne en ce moment d'un si noble esclavage,
Bientôt il reviendra, par mes sages avis,
Aux devoirs d'un sujet, d'un soldat et d'un fils.
Je vais suivre ses pas et lui faire connaître
Les moyens de confondre et de punir un traître.

MUTIA.

Et vous, daignez, grands Dieux, maîtres de nos
    destins,
Rendre un fils à sa mère, et sauver les Romains !

FIN DU PREMIER ACTE.

ACTE II.

SCÈNE PREMIÈRE.

MUTIUS, CIMBER.

CIMBER.

Oui, tandis que ce peuple impatient, volage,
Poursuit Publicola, le proscrit et l'outrage;
Tandis qu'à ce colosse, ouvrage d'un instant,
Il va faire éprouver son génie inconstant,
Ce Consul, en ces lieux, attend avec mystère
Du monarque toscan un secret émissaire.
Auprès des Sénateurs chargé de le servir,
Avant qu'on l'introduise il veut l'entretenir.

MUTIUS.

Cimber, il est cruel pour un cœur magnanime
De flétrir d'un soupçon le mortel qu'on estime.
Publicola m'est cher, et l'ami de Brutus
Ne peut pas démentir quarante ans de vertus.

CIMBER.

Vous avez entendu le peuple qui l'accuse.

MUTIUS.

Ce peuple est inquiet : c'est alors qu'on l'abuse.
De secrets ennemis de notre liberté

Se font un jeu cruel de sa crédulité.
Mais d'un retour sanglant qu'ils craignent la jus-
   tice.
Les traîtres sous leurs pieds creusent un précipice
Où, par la main du tems, lentement entraînés,
Eux et tous leurs complots seront exterminés.

CIMBER.

Et ce sont les complots dont il faut nous défendre.
Trop de sécurité donne lieu d'entreprendre.
Peut-être autant que vous j'aime la liberté,
Et de son danger seul mon cœur est affecté.
Cette adresse à capter la faveur populaire,
A se montrer à tous comme un Dieu tutélaire,
A protéger le faible en abaissant les grands,
A n'admettre au Sénat que ses seuls partisans,
De projets plus profonds m'annonce l'existence.
En fixant sur sont front la suprême puissance,
Le Consul ne peut-il empirer nos destins ;
Subjuguer Rome enfin, en perdant les Tarquins?

MUTIUS.

Non, il ne le peut pas ; car il est incapable
De jamais concevoir un projet si coupable.

CIMBER.

Sa vertu vous séduit ; sa gloire me fait peur.

MUTIUS.

La gloire à la vertu s'unit dans un grand cœur.
Gardez-vous au surplus de croire que d'un homme
Dépende la ruine ou le salut de Rome.

Le peuple généreux qui sut briser ses fers,
Contre sa liberté ne craint plus de revers.
Il ne fléchira pas sous l'inutile rage
De quelques factieux que Tarquin encourage.
Laissons-les vainement s'agiter dans nos murs,
Au camp de Porsenna nos coups seront plus sûrs.
C'est au cœur des Tarquins et du Roi d'Etrurie
Que s'allument les feux qui brûlent ma patrie,
C'est dans ces cœurs frappés par un bras triomphant
Que s'éteindra la soif qu'ils ont de notre sang.
Mais on vient.

CIMBER.

      Vers ces lieux Publicola s'avance.
Le Toscan va paraître : évitons leur présence ;
Et l'oreille attentive à leurs discours secrets,
Des trames qu'on ourdit connaissons les progrès.

MUTIUS.

Je descends, non pour vous, Cimber, mais pour
      ma mère,
A ces détours qu'improuve une vertu sévère.
Ses erreurs, vos soupçons exigent que mon cœur
D'un ennemi des rois suspecte la candeur ;
Mais à mon juste espoir s'il parvient à répondre,
Malheur aux imposteurs que j'aurai vu confondre!

(*Ils se retirent à l'écart, et se cachent.*)

SCÈNE II.

PUBLICOLA, ATTALE, MUTIUS, CIMBER *à l'écart.*

PUBLICOLA.

Nous sommes seuls, Attale : approchez, dites-moi
Ce que peut un romain pour satisfaire un roi.
Si, de la tyrannie obligeant interprète,
Vous venez m'apporter la loi qu'elle aura faite,
N'allez pas plus avant : épargnez au Sénat
L'horreur de repousser ce nouvel attentat.

ATTALE.

J'apporte ici la paix, et déclare d'avance
Que le destin de Rome est en votre puissance.

PUBLICOLA.

Parlez : s'il est ainsi, le Tibre en liberté
Va jouir sans retard de sa félicité.

ATTALE.

Porsenna, qui de Rome estime le courage,
Ne vous menace point de fers ni d'esclavage.
Son grand cœur ne veut pas qu'un peuple généreux
Sous le faix du malheur courbe un front vertueux.
Un roi, dont l'Etrurie admire la justice,
Des fautes des Tarquins ne peut être complice.
Il sait, d'ailleurs, qu'un sceptre une fois enlevé
Ne revient plus aux mains qui l'ont mal conservé ;

Mais il doit à la terre, à sa grandeur suprême,
De faire respecter les droits du diadême.
Un peuple révolté, qui se soustrait aux lois,
Appelle contre lui la vengeance des rois.
Un si funeste exemple est toujours trop à craindre.
Malheur aux souverains s'ils se laissent contraindre
Jusqu'au point de céder à de vulgaires mains
Les rênes du pouvoir qu'ils tenaient des destins !
Ce n'est donc point Tarquin ici qui vous assiège ;
C'est le sceptre des rois que Porsenna protège.

Dans un ordre nouveau que Rome et son Sénat
Disposent le pouvoir qui doit régir l'Etat ;
Que, sous d'égales lois, ce peuple magnanime
Puisse échapper au joug d'un tyran qui l'opprime.
Mais qu'un roi de ces lois reçoive le dépôt.
Qu'il soit soumis lui-même à ces lois ; il le faut.
Il faut, s'il abusait des droits sacrés du trône,
De son front dégradé déposer la couronne.

Rome peut donc choisir ailleurs ou dans son sein
Celui qu'elle voudra nommer son souverain.
Qu'elle parle, et mon roi, modérant sa vengeance,
Rend à ses citoyens le calme et l'abondance.

PUBLICOLA.

Ainsi, Tarquin n'est plus qu'un prétexte à l'appui
Que donne aux droits du trône un tyran comme lui.
Je reconnais sans peine, à ces illustres marques,
Combien est chère entre eux l'amitié des monar-
　　ques ;

Mais je doute que Rome accepte cette loi,
Et sur-tout qu’un romain consente d’être roi.

ATTALE.

Rome a pourtant déjà fait des choix dignes d’elle.
Brutus, Publicola sont la preuve fidèle,
Quand du pouvoir suprême il les a revêtus,
Que le peuple romain se connaît en vertus.

PUBLICOLA.

Notre seule vertu c’est d’aimer la patrie,
D’exécuter les lois, de fuir la tyrannie,
Par des liens égaux d’unir les citoyens,
Et dans leurs magistrats de montrer leurs soutiens.

ATTALE.

Et tels sont en effet tous les devoirs d’un maître :
Vous n’avez plus besoin que d’un seul mot pour
  l’être.

PUBLICOLA.

Moi, Seigneur !

ATTALE.

  Oui, vous-même.... Ou si votre grand cœur
D’un si noble fardeau craint trop la pesanteur,
Au sang de Porsenna joignez votre famille,
Et donnez la Toscane et Rome à votre fille.

PUBLICOLA.

Que dites-vous ? Clélie....

ATTALE.

Arons l’aime.

PUBLICOLA.

J'entends ;
Mais c'est à Rome seule à pourvoir ses enfans.
Ses droits, les miens, vos dons... je crains de les
    confondre ;
Et ce n'est qu'au Sénat que je puis vous répondre,
Entrons.

ATTALE.

Publicola, vous pourriez hésiter
Si ces murs plus long-tems pouvaient nous résister;
Mais un peuple qu'abat son malheur, la famine,
Que déchire en secret la discorde intestine,
Qui, comptant ses combats, compte autant de revers,
Doit céder à son sort et desirer des fers.

PUBLICOLA.

Des fers !... Nos ennemis devraient au moins con-
    naître
Qu'un romain ne peut plus respirer sous un maître,
Qu'un peuple est invincible en défendant ses droits.
Pour soutenir l'espoir dont se bercent vos rois,
Coclès a trop fait voir à l'Etrurie armée
Qu'ici chaque soldat vaut lui seul une armée.
Mais, Seigneur, pour traiter de si grands intérêts
Le Sénat doit parler.

ATTALE.

Vous dictez ses decrets,
Consul.

PUBLICOLA.

Je suis Consul.... Rome est là toute entière.
(*Il montre le Capitole où s'assemble le Sénat.*)
Des vertus de Brutus si Rome est héritière,
Elle apprendrait bientôt au Consul redouté
Qu'un homme ne peut rien contre sa liberté.

(*Ils sortent.*)

SCÈNE III.

MUTIUS, CIMBER *reparaissent.*

CIMBER.

Vous voyez à quel prix on met son alliance.

MUTIUS.

Je vois à quelle épreuve on soumet sa prudence,
Et ne suis point surpris d'un si noble refus.

CIMBER.

Mais Clélie....

MUTIUS.

Est sa fille : elle aura ses vertus.
O Rome ! tes soutiens sont dignes de ta gloire :
Tes plus grands ennemis cimentent ta victoire.
Cimber, je te rends grâce : à tes soins empressés
Je devrai la faveur de les connaître assez.
Dans leur nombre à regret je dois compter ma mère;
Mais le mal que tu fais je saurai le défaire;

3

Et ce bras aux Romains sera d'un tel secours,
Qu'une mère égarée y verra son recours.
On ne rompt point les nœuds qu'a formés la nature;
Et je les rejoindrai, malgré ton imposture.
   (Il veut sortir : Cimber fait un mouvement
     pour le suivre.)
Garde-toi de me suivre ; et n'empoisonne pas
L'air pur qui d'un romain doit entourer les pas.
                    (Il sort.)

SCÈNE IV.

CIMBER *seul.*

Rien ne pourra fléchir ce féroce courage,
Et depuis son retour je vois grossir l'orage.
Mais Mutia s'approche.... Hélas ! qu'il est cruel
De ne voir dans un fils qu'un héros criminel !

SCÈNE V.

MUTIA, CIMBER.

MUTIA.

Eh bien mon fils, Cimber... à ce morne silence
Je vois que j'ai perdu tout jusqu'à l'espérance.

CIMBER.

Je le crains.

MUTIA.

Le Consul a-t-il paru flatté
Des offres du Toscan?

CIMBER.

Il en est irrité.
Ce cœur, qu'un triple acier munit de son égide,
Oppose aux dons du roi son refus intrépide.
Mutius l'écoutait, et l'a vu dédaigner,
Pour sa fille et pour lui, la faveur de régner.

MUTIA.

Quelle est donc du Consul l'ambition secrette?
Un sceptre dans sa main se place; il le rejette.
Sa farouche vertu méprise la grandeur.
Quel sera donc l'attrait qui charmera son cœur,
Si, conduit par un roi sur les marches du trône,
A ses pieds orgueilleux il foule une couronne?
Aux Romains que séduit sa perfide candeur,
Quel joug plus onéreux prépare sa fureur?

CIMBER.

Ils ne subiront pas ce joug illégitime.
Nous saurons empêcher ce triomphe du crime.
Déjà, par mes conseils, le peuple furieux
Porte dans ses foyers le ravage et les feux.

MUTIA.

Détrompez-vous, Cimber : cette insulte illusoire
D'un succès plus certain lui confirme la gloire.

CIMBER.

Comment donc?

M U T I A.

Soit qu'il ait découvert vos projets,
Soit qu'un Dieu protecteur seconde ses forfaits,
A peine, par vos soins cette troupe enhardie,
Est-elle parvenue au sommet de Vélie,
Qu'au lieu de ce palais, dont le front redouté
Semblait vouloir à Rome ôter sa liberté,
Elle voit mille bras qui s'empressent d'abattre
Ce fantôme qu'en vain vous lui faisiez combattre.
L'édifice est détruit, et ne lui laisse plus
Que le droit d'admirer de nouvelles vertus.

C I M B E R.

Eh ! quoi, Publicola. . . .

M U T I A.

Lui-même, par avance,
Il avait des Romains prévenu la vengeance ;
Et contre ses soupçons ce peuple raffermi,
Dans l'homme qu'il craignait ne voit plus qu'un
    ami.

C I M B E R.

O fureur ! mais qu'importe ? Un nouvel artifice
Tient encor sous ses pas ouvert le précipice.
On peut tout obtenir de ce peuple agité,
Inspirer la licence au nom de liberté.

M U T I A.

Oui, le peuple romain est facile à séduire :
On peut bien l'égarer ; mais peut-on le réduire ?

CIMBER.

Prenons tous les moyens qui nous seront offerts.
A force de tourmens forgeons-lui d'autres fers.
Le dessein en est pris. Oui, si Tarquin succombe,
Que sa chûte après lui m'entraîne dans la tombe!
Je ne survivrai pas aux maux de mon pays,
Mais je veux en tombant perdre ses ennemis.

SCÈNE VI.

MUTIA, CIMBER, AUDAX,
Troupe de Romains.

AUDAX, *au Peuple qui le suit.*

Romains, voilà Cimber: il faut qu'il nous éclaire.
    (*à Cimber.*)
On dit que des Toscans un nouvel émissaire
Vient d'entrer au Sénat. A quel titre? pourquoi?
Le Sénat voudrait-il traiter avec un roi?
Qu'ont de commun des rois avec un peuple libre?
Eh quoi! leurs légions pressent encor le Tibre.
Et toujours dévoré des besoins les plus durs,
Le citoyen armé reste oisif en ces murs!
C'est lors qu'il faut agir qu'un Sénat délibère.
Montrons à ces proscrits un plus grand caractère.
Cimber, tu fus soldat: viens; marchons: conduis-
    nous.
Que nous veut ce toscan?

CIMBER.

                    Romains, l'ignorez-vous?
Porsenna de son choix veut vous donner un maître.
Le Sénat à ce vœu consentira peut-être,
Et bientôt l'abondance et la paix de retour
Vont de leurs doux loisirs embellir ce séjour.

AUDAX.

Un maître? Et le Sénat donnerait son suffrage
A ce lâche traité?

CIMBER.

                    S'il était son ouvrage,
Si, dans son propre sein, parmi les Sénateurs,
Il allait à Tarquin chercher des successeurs.

AUDAX.

C'est nous en dire assez... se pourrait-il?... arrête :
De l'envoyé toscan il nous faut ...

CIMBER.

                    Quoi?

AUDAX.

                                La tête.
Nous l'offrirons sanglante à ces rois orgueilleux,
En signe de respect pour des maîtres comme eux.

CIMBER.

Et si dans le Sénat il avait un complice :
Si quelque ambitieux......

A U D A X.

S'il en est, qu'il périsse.

C I M B E R.

Songez qu'un caractère auguste et révéré
De tous vos Sénateurs défend le front sacré.

A U D A X.

Nous le savons, Cimber ; nous louons ta prudence;
Mais le respect finit où le crime commence.
On sort du Sénat.

C I M B E R.

Oui, c'est lui, c'est l'étranger,
Ce ministre des rois.

A U D A X.

Songeons à nous venger.

SCÈNE VII.

MUTIA, CIMBER, AUDAX, Troupe
de Romains, PUBLICOLA, ATTALE,
Sénateurs, Licteurs.

A T T A L E, *au Sénat.*

J'ADMIRE, Sénateurs, cette assemblée auguste :
Mon cœur, en la quittant, voudrait la voir plus juste ;
Et je crains que le Ciel ne montre avec effroi

Qu'il lui manque un soutien , puisqu'il lui manque
          un roi.

AUDAX à Cimber.

Que parle-t-il de roi ?

CIMBER.

Vous voyez qu'il blasphême.

AUDAX. (Il s'avance avec les Romains.)

Etranger , de quel droit ton insolence extrême
Ose-t-elle , en leurs murs , affronter les Romains ?

PUBLICOLA. (Il se jette entre Attale et les Romains.)

Peuple , votre intérêt fut remis en nos mains :
Sur nos soins assidus que Rome se repose.
Quel que soit le parti que Porsenna propose,
Il n'obtiendra jamais de nous ni du Sénat
Rien qui puisse exposer votre gloire ou l'Etat.

AUDAX.

Rome avec tous ces rois n'a plus rien à débattre :
Le parti qui lui reste est d'aller les combattre.
Marchons ; n'attendons pas qu'un indigne traité
Arrête les élans de notre liberté.
Pourquoi délibérer au jour de la vengeance ?
(En désignant Attale.)
Par la mort de ce traître il faut qu'elle commence ;
Et , couverts de son sang, nous irons aux Tarquins
Annoncer les traités que signent les Romains.

PUBLICOLA.

O peuple généreux, quel transport vous égare ?
Qui peut vous inspirer ce désespoir barbare ?
Du droit des nations lâche violateur,
Voulez-vous à la terre être un objet d'horreur ?

AUDAX.

Nous voulons nous venger et sauver la patrie.

PUBLICOLA.

Et la sauverez-vous par une barbarie,
Par un assassinat incroyable, odieux
Qui révolte à la fois la nature et les cieux ?
Quelle gloire, et sur-tout quel si grand avantage
Du meurtre d'un seul homme attend votre courage ?
Un ennemi de moins vous rendra-t-il vainqueurs
Des deux princes ligués qui causent vos malheurs ?
O Romains ! réprimez ces fureurs intestines
Qui vous feraient périr entourés de ruines,
Et dont les dangereux et cruels mouvemens
Vous remettraient bientôt sous le joug des tyrans.

AUDAX.

Mais, toi, Publicola, de qui la voix modère
Les vifs ressentimens d'une juste colère,
Quel garant avons-nous pour compter sur ta foi ?
On t'accuse.

PUBLICOLA.

Qui donc ?

SCÈNE VIII.

Les Précédens , MUTIUS.

MUTIUS. (*Il entre avec impétuosité.*)

Cimber. (*Il le désigne du doigt.*)

CIMBER.

O Ciel !

MUTIUS.

Oui , toi,
Tu séduis à la fois ce bon peuple et ma mère.

MUTIA.

Mutius !

MUTIUS, *interrompant sa mère.*

La patrie a parlé la première.
Dans le danger pressant où je la vois courir,
Taire la vérité ce serait la trahir.
Oui , Consul , les soupçons qui pèsent sur ta tête,
Ces trames , ces complots que partout on apprête ;
C'est cet ami des rois qui les a suscités.
S'il est quelques projets , il les a concertés.
Demande à ces Romains , dont l'audace t'offense,
Quelle main vers ces lieux guida leur affluence ;
C'est la sienne.

PUBLICOLA.

　　　　Cimber, à la cour des Tarquins
Je sais qu'on n'apprit pas à servir les Romains.
Je connais dès long-tems ta fureur impuissante,
Tes efforts pour troubler la liberté naissante ;
Mais de tous tes projets pour aigrir les esprits
Tu ne recueilleras que honte et que mépris.
Contemple devant toi cette foule confuse
Dont le morne silence et t'accable et t'accuse.
Ton front humilié dépose contre toi,
Et tu devrais périr si j'invoquais la loi.
Mais tu n'es point à craindre ; et Rome qui s'estime
Ne se flétrira pas d'une telle victime.
　　　　(aux licteurs)
Pars. Licteurs, hors des murs que l'on guide ses pas.
　　　　　　　(Les licteurs l'entraînent.)
Aux tyrans, qu'il chérit, qu'il aille offrir son bras.

SCÈNE IX.

Les mêmes, excepté CIMBER.

PUBLICOLA *continue* : (au Peuple.)

Vous qu'il rassasiait de soupçons et de haînes,
Indignes d'habiter dans des ames romaines,
De tout agitateur n'écoutez plus la voix ,
Et sachez respecter le Sénat et les lois.
Le tyran capitule : il connait sa faiblesse ;
Espérez tout du tems et de votre sagesse.

(*à Attale.*)

Attale, cet exemple a dû te faire voir
Combien nos ennemis doivent garder d'espoir.
Tu peux partir.

(Attale sort avec deux licteurs.)
(Audax et les Romains se retirent.)

SCÈNE X.

PUBLICOLA, Sénateurs, MUTIUS, MUTIA.

PUBLICOLA *à Mutius.*

ET toi, dont la vertu sublime
De Rome en ce péril a mérité l'estime,
Avec la même ardeur poursuis ses ennemis ;
Et le Sénat et moi nous t'en paierons le prix.

MUTIUS.

Il en est un bien doux dont j'avais la promesse.

PUBLICOLA.

Je t'entends, Mutius : le danger qui nous presse
Ne permet point encore à ce cœur paternel
De serrer entre nous un lien mutuel.
Affermissons d'abord le sort de la patrie :
Rends-toi digne à la fois de Rome et de Clélie ;
Les Dieux feront le reste.   (*Il sort.*)

SCÈNE II.

MUTIA, MUTIUS.

MUTIUS.

Oui, j'atteste ces Dieux
De mériter bientôt ce destin glorieux.
Douloureux souvenir d'une insigne disgrace !
Il n'est point de chagrin que ce moment n'efface.
Ah ! pardonnez, ma mère.

MUTIA.

Impie et délateur,
Voilà donc quel chemin vous conduit à l'honneur !
Voilà le beau laurier dont se ceint votre gloire !
Dites-moi sous quel nom vous vivrez dans l'histoire
Quand on dira de vous que Mutius, mon fils,
Dans le frivole espoir de servir son pays,
A trahi l'amitié, la nature et sa mère ?

MUTIUS.

L'amitié !... pour un fourbe atroce et sanguinaire
De qui la haine ingrate et l'insolent orgueil
Allaient vous entraîner dans le même cercueil.
Ma mère, votre fils ne vous a point trahie,
A des conseils pervers quand il vous a ravie.
C'est lui qui, violant la nature et ses droits,
Voulait dans votre cœur en étouffer la voix.

C'est lui..... mais le perfide a-t-il, par son langage,
A l'aspect du Consul montré quelque courage ?
A-t-il cherché lui-même à se justifier ?
Sous sa conviction vous l'avez vû plier.
Il a subi son sort avec cette faiblesse
Qui d'un vil courtisan atteste la bassesse.
Ils ne sont point à craindre; ils lui ressemblent tous.
Ah ! ma mère, appaisez un indigne courroux :
De vos préventions écartez l'injustice
Et que le même vœu tous deux nous réunisse !

MUTIA.

Non, jamais nos deux cœurs ne seront réunis,
Et l'ennemi des rois ne peut être mon fils.

(*Elle sort.*)

MUTIUS.

O détestable orgueil ! ô douleur trop amère !
Tiens-moi donc lieu de tout, Rome, et deviens
            ma mère.

FIN DU SECOND ACTE.

ACTE III.

SCÈNE PREMIÈRE.
MUTIUS, FABIUS.

MUTIUS.

Ah! mon cher Fabius, conçois-tu mes douleurs?
Une mère égarée, insensible à mes pleurs,
A proscrit ton ami.

FABIUS.

La cause en est trop belle :
Rome s'honorera d'être plus juste qu'elle.
Déjà nos citoyens dans l'erreur entraînés,
Par ta voix aux vertus ont été ramenés ;
Et le Sénat charmé des soins de ta prudence,
Fonde sur ton retour sa plus ferme espérance.

MUTIUS.

Je ne manquerai point à ce que j'ai promis :
C'est un bonheur si doux de servir son pays !
Ah ! je sens que mon bras voudrait, pour le dé-
    fendre,
Faire plus qu'un mortel n'a le droit d'entreprendre.
Je sens qu'environné de tous ces factieux
Qui de vaines terreurs empoisonnent ces lieux,
Pour mieux remplir l'espoir de les réduire en
    poudre,

Aux mains mêmes des Dieux je ravirais la foudre.
Mais pourquoi le Sénat laisse-t-il nos guerriers
S'abreuver d'amertume au sein de leurs foyers ?
Chaque jour, chaque instant ajoute à leurs misères.
L'inaction sied bien à des ames vulgaires,
Mais le cœur d'un soldat ne voit pas sans douleur
Qu'un repos importun enchaîne sa valeur.

FABIUS.

Des ennemis nombreux....

MUTIUS.

　　　　Quand il faut les combattre
Un Romain ne doit pas les compter, mais les battre.

FABIUS.

Le Sénat ne veut pas au hazard d'un combat
Commettre imprudemment le destin de l'Etat.
Il voit avec regret autour de nos murailles
Fumer les flots du sang versé dans les batailles.
Il sait que Porsenna, pour la cause des rois,
Soulève contre nous vingt peuples à la fois ;
Qu'aux Volsques, aux Sabins les Rutules s'unissent,
Que de notre grandeur ces esclaves frémissent,
Et qu'enfin aux Romains pressés de toutes parts
Il ne reste d'abri qu'au sein de leurs remparts.

MUTIUS.

Ainsi nous attendrons dans un repos stérile
Que le Ciel veuille bien délivrer notre azile ;

Ainsi la gloire échappe à nos timides bras
Et l'ombre du danger arrête encor nos pas.
Aux mêmes nations jalouses de ses armes
Rome put inspirer de mortelles alarmes ;
Elle put les réduire à recevoir des lois
Quand sa fierté pliait sous le sceptre des rois ;
Et les siécles futurs sauront que Rome libre,
Devant les repousser, n'osa franchir le Tibre.
Des rois!... ce titre encor en impose aux Romains
Sur les débris du trône abattu de leurs mains.
Anathême au premier dont la bassesse extrême
Sur le front d'un mortel posa le diadême !
Au crime sur la terre il ouvrit un chemin,
Dégrada la nature et fut son assassin.

FABIUS.

Rome triomphera.

MUTIUS.

    Mais Rome est opprimée ;
Rome autour de ses murs voit grossir une armée
Qu'un homme seul, qu'un roi nourrit de sa fureur,
Qui tient dè lui ses droits, sa force, son ardeur,
Qui, pour le prix bannal d'un infâme salaire,
De carnage et de sang abreuve cette terre.
Pour seconder d'un roi le détestable orgueil,
L'éclair d'un seul instant précipite au cercueil
Tant d'êtres animés de qui les destinées
Aux soins de la nature ont coûté tant d'années !
Et le monde avili subit ce joug abject :

4 *

Il prodigue sans frein l'encens et le respect
Aux monstres couronnés de qui la main impie
Ravit au genre humain l'or, la paix, et la vie.
    Rome encor leur victime après qu'ils sont bannis,
Tu dois un grand exemple aux peuples réunis.
Qu'il sorte de ton sein un vengeur de la terre.
Imprime à tous les rois un effroi salutaire.
Que la chute d'un d'eux apprenne aux nations
Que toutes leurs grandeurs sont des illusions ;
Qu'un colosse effrayant par sa toute-puissance
Tombe au gré d'un seul bras armé par la vengeance,
Qu'un homme libre enfin frappe... et bénit son sort
S'il sauve sa patrie en courant à la mort.

FABIUS.

Quel est donc ton dessein ?

MUTIUS.

                        Tu le sauras : écoute.
Est-il dans Rome encor quelque vertu ?

FABIUS.

                                    Sans doute.

MUTIUS.

Parmi notre jeunesse enhardie aux combats,
En est-il que la mort n'épouvanterait pas ?

FABIUS.

Tous.

MUTIUS.

Sans réserve ?

FABIUS.

Tous, te dis-je : ils vont te suivre.
S'ils respiraient sans gloire, ils ne voudraient
plus vivre.

MUTIUS.

Eh bien , cher Fabius , va trouver ces amis ,
Ce cher et seul espoir de mon triste pays.
Dans le temple de Mars presse-les de se rendre.
Aussitôt rassemblés , tu viendras me l'apprendre.
Publicola bientôt doit rentrer au Sénat ;
Il faut que de mon ame il connaisse l'état ,
Qu'auprès des Sénateurs... Je le vois qui s'avance:
Va , cours : notre salut sera ta récompense.

(Fabius sort.)

SCÈNE II.

MUTIUS, PUBLICOLA, VIGIL,

Troupe de Romains.

PUBLICOLA.

O Romains , mes amis , parlez : que voulez-vous?

VIGIL.

T'instruire des malheurs qui vont fondre sur nous,

Solliciter, toucher ta bonté paternelle ;
Te découvrir enfin une trame nouvelle.

PUBLICOLA.

Comment ?

VIGIL.

Autour de nous on creuse nos tombeaux ,
Et nos concitoyens deviennent nos bourreaux.

PUBLICOLA.

Vous me faites frémir.

VIGIL.

Tu frémiras sans doute
En concevant les maux que le peuple redoute.
La mort qu'on va braver dans les plaines de Mars ,
Sous le fer meurtrier, les glaives et les dards ,
Celle que Jupiter, du milieu des tempêtes ,
Avec tant de fracas fait voler sur nos têtes ,
Le poignard acéré du perfide assassin ,
D'un mortel à l'instant terminent le destin.
Ce coup n'est rien pour lui qu'un rapide passage
Qu'avant de le franchir mesurait son courage ;
Mais marcher lentement de la vie au cercueil ,
Traîner des jours flétris menacés d'un long deuil ,
Sentir, sans nul espoir, son ame défaillante ,
Dans les convulsions d'une faim dévorante ,
Succombant au besoin, cédant avec effort
Et malgré la nature, aux flèches de la mort ;
C'est mourir mille fois, c'est périr d'un supplice

Qu'aux jours de sa fureur l'éternelle justice
N'aurait point fait subir à de faibles humains,
Et dont la haîne ici menace les Romains.

PUBLICOLA.

Que dites-vous ? ô Ciel ! expliquez ce langage.

VIGIL.

Réduits à déguiser leur implacable rage,
Nos lâches ennemis, conjurés parmi nous,
Vont, en nous affamant, frapper les derniers coups.
Cet or qui, sous le joug de nos rois, leurs complices,
S'amassait dans leurs mains à force d'injustices,
Se convertit en bled, s'entasse en leurs palais,
Et de la main du pauvre échappe pour jamais.

PUBLICOLA.

Ainsi les insensés se flattent de réduire
Ceux que leurs assassins ne pourront pas détruire.

VIGIL.

Le péril est pressant : Consul, au nom des loix
Ce peuple réuni te parle par ma voix.
Tu le vois : il est calme au fort de sa détresse ;
Il soumet ses terreurs aux soins de ta sagesse
Et croit que le Sénat prévenant le danger,
Ne le forcera pas lui-même à se venger.

PUBLICOLA.

Gardez-vous d'en douter, amis : sa vigilance
Tient ses regards ouverts sur votre subsistance.

De cette sourde intrigue il suivra les détours
Et de la malveillance arrêtera le cours:
Soyez toujours, Romains, ce peuple irréprochable,
Grand dans l'adversité , pour le crime implacable,
Calme , juste sur-tout. Vos lâches ennemis
Tomberont devant vous , si vous êtes unis.

V I G I L.

Parle : nous sommes prêts à seconder ton zèle.

P U B L I C O L A.

Veillez ; mais à la loi montrez un cœur fidèle.

V I G I L.

Qu'également sur tous s'étende son pouvoir;
Tu verras le Romain docile à son devoir.

P U B L I C O L A.

Quel est le citoyen qui voudrait s'y soustraire ?

V I G I L.

Celui qui peut sans crainte outrager la misère ;
Celui, qui de son or achetant des forfaits ,
Achète encor l'oubli des malheurs qu'il a faits.

P U B L I C O L A.

Ne craignez plus , amis , cet abus sacrilège ,
Des favoris des rois odieux privilège.
Il suivit ces proscrits , qu'au camp de Porsenna
Tarquin , banni par vous , dans sa fuite entraîna ;
Et l'arbitre des lois , propice à l'indigence ,
Des mains de la faveur écarte la balance.

On veut vous effrayer ; on veut, par la terreur,
D'un ferment de révolte enivrer votre cœur.
Trompez les derniers vœux de l'audace expirante.
Encore quelques jours , et Rome est triomphante.
Sachez qu'entre eux déjà nos tyrans divisés
Se reprochent sans fruit leurs trésors épuisés ;
Que l'orgueil de Tarquin fatigue l'Etrurie.
Les rois n'ont point d'amis : l'intérêt les allie,
L'intérêt les sépare ; et leurs plus grands succès
Sont un laurier stérile , ombragé de cyprès.
Vos craintes, vos besoins vont bientôt disparaître.
Au Sénat assemblé je les ferai connaître.
Allez.

VIGIL.

Publicola , nous voulons t'obéir.
Qui porte un cœur romain ne peut pas nous trahir.
Nous saurons supporter les maux que tu partages,
Et ta noble vertu soutiendra nos courages.

SCÈNE III.

PUBLICOLA, MUTIUS.

PUBLICOLA.

Eh bien, mon fils, tu vois dans ces tristes remparts
Les trames , les complots s'ourdir de toutes parts.

MUTIUS.

Je vois qu'aux factions ma patrie est livrée ,

Qu'une foule inquiète est sans peine égarée;
Qu'un instant décida de notre liberté,
Qu'un instant peut nous rendre à la captivité
Les rois sont disparus ; mais le faste du trône
Cet éclat corrupteur dont brillait la couronne
Ces délices des cours, ces factices grandeurs
Dont le charme perfide enivrait tant de cœurs
Ils ne sont point détruits : la trace en est profonde
Et l'orgueil entretient la tempête qui gronde.
Ecrasons cet orgueil du poids de la terreur.
Il faut un grand effort contre une grande erreur
De tenter cet effort tout me presse et m'engage
Rome accédera-t-elle au vœu de mon courage

PUBLICOLA.

Que peut-elle pour toi ?

MUTIUS.

　　　　Quels que soient mes projets
M'abandonner le soin d'en suivre les succès.
Obtiens que le Sénat veuille me laisser libre
De quitter cette enceinte et de franchir le Tibre
Je pars.

PUBLICOLA.

　　　　A quel dessein t'éloigner de ces lieux
Où portes-tu tes pas ?

MUTIUS.

　　　　　　Interroge les Dieux :
Mon secret dans leur sein est tout entier encore

PUBLICOLA.

Ah, mon fils ! je connais ta vertu : je l'honore.
Un soupçon....

MUTIUS.

Ne peut pas pénétrer contre moi
Dans le cœur d'un Romain qui m'a donné sa foi.
J'en suis sûr.

PUBLICOLA.

Ce départ alarme ma tendresse.

MUTIUS.

Mon retour dans ces murs répandra l'allégresse.

PUBLICOLA.

Tu sais quelles faveurs t'y réserve l'amour.

MUTIUS.

C'est mon plus tendre espoir ; mais la gloire a son
　　tour.
Ce sera des lauriers cueillis pour ma patrie
Que je couronnerai le front de ta Clélie.

PUBLICOLA.

Puissent des nœuds si beaux être bientôt tissus !

MUTIUS.

Puisse Rome être libre et les tyrans vaincus !

PUBLICOLA.

Je ne retiendrai point ta vive impatience,
Mon fils. Rome te doit toute sa confiance :
Je vais te l'obtenir.

SCÈNE IV.

MUTIUS *seul.*

Mes vœux sont accomplis,
Et mes derniers devoirs seront bientôt remplis.
Tremble, Tyran : ton heure approche. La tempête
Dont tu nous menaçais va fondre sur ta tête.
Ton exécrable orgueil, dans le fond des enfers,
Ira chercher le prix de tes desseins pervers.
Aujourd'hui sur ton front éclate un diadème,
Un grand peuple fléchit sous ton vouloir suprême ;
Parmi les courtisans qui rampent à tes piés,
Tu comptes des sujets, des rois, des alliés ;
Des bataillons sans nombre armés pour ta défense
Pourraient ranger la terre à ton obéissance ;
Enfin tout ce qui peut éblouir les humains
Du sein de la fortune est tombé dans tes mains :
Et demain, Porsenna, tu n'es qu'un peu de cendre ;
Et demain au tombeau je te verrai descendre.
Ton trône, tes grandeurs, ce faste, cet éclat,
Disparaîtront pour toi sous le fer d'un soldat...
Que dis-tu, Mutius ?.. un homme... ton semblable !
Et d'un assassinat tu te rendras coupable !...
Mon semblable !... Il est roi : les rois n'ont point
        d'égaux.
Cent mille meurtriers unis sous ses drapeaux
Viennent porter la mort au sein de ma patrie ;

Ils me donnent le droit d'attenter à sa vie,
Puisque du même coup qui le livre au trépas,
De cent mille assassins je désarme le bras.
Le ciel, l'humanité, la raison, la nature,
Me pressent à l'envi de venger leur injure;
Et l'avenir saura que l'union, la paix,
De la mort des tyrans sont les premiers bienfaits.

SCÈNE V.

MUTIUS, FABIUS.

MUTIUS.

Eh bien, cher Fabius!

FABIUS.

Tes amis sont au temple.
Ils brûlent comme moi de suivre ton exemple.

MUTIUS.

Qu'ils viennent : c'est ici, sous les yeux de Brutus,
Qu'ils sauront les moyens d'imiter ses vertus.

SCÈNE VI.

MUTIUS, FABIUS, Troupe de jeunes
Romains.

MUTIUS.

Amis, c'est Mutius, un soldat, votre émule ;
Qui veut vous inspirer le zèle dont il brûle.
La patrie en danger, la vengeance, l'honneur,
Devraient hors de ces murs guider votre valeur ;
Mais, forcé de céder aux lois de la prudence,
Le Sénat de vos vœux retient l'impatience.
Je sais, quand de la gloire on ferme le sentier,
Ce qu'il en coûte au cœur du généreux guerrier.
Cependant du Toscan l'inconcevable audace
Prodigue contre nous l'insulte et la menace :
Je veux, sans des combats, qu'il tombe en un instant
Du faîte de l'orgueil au gouffre du néant.
Ma marche, mes moyens.... une loi nécessaire
M'oblige à les couvrir des voiles du mystère.
Mais de cette action tel doit être le fruit,
Que dans tout l'univers s'en répandra le bruit.
Seul d'abord au danger je dois offrir ma tête ;
Mais si loin du succès la fortune m'arrête,
Mon exemple, mon sort feront connaître à tous
Ce que Rome après moi doit attendre de vous.

Faisons donc le serment, aux pieds de ces images,
D'unir du même vœu nos bras et nos courages,

De nous succéder tous dans ce commun effort ,
Et d'atteindre à la fin notre but ou la mort.

FABIUS. (*Il s'approche des statues.*)

Au nom de Rome, au nom du Ciel qui nous con=
      temple ,
Nous jurons tous ici d'imiter ton exemple.

LES JEUNES ROMAINS.

Nous le jurons.

MUTIUS.

      Amis, ces terribles sermens
Sont le signal certain de la mort des tyrans.
O Liberté sacrée ! O toi, Brutus, mon père !
Recevez le serment que nous venons de faire.
Protegez les Romains : conservez dans leurs cœurs
De vos saintes vertus les constantes ardeurs.
Que le fer des tyrans , que l'aspect du supplice
N'arrête point nos bras armés pour la justice !
Que l'exemple éclatant que nous allons offrir,
Instruisant l'univers, parvienne à l'affranchir !
Que le peuple avili, connaissant sa puissance,
Fonde enfin son bonheur sur son indépendance,
Et qu'il puisse, en tous lieux , rétabli dans ses
      droits ,
Oublier quelque jour qu'il exista des rois !

(*aux Romains.*)

Amis, c'en est assez : l'heure vient; le tems presse,
Et je brûle déjà d'accomplir ma promesse.

Sans craindre que l'effet surpasse nos pouvoirs ;
Demain vous connaîtrez mon sort et vos devoirs.

(Les Romains sortent.)

SCÈNE VII.

MUTIUS, MUTIA.

M U T I A. (*Elle retient son fils qui sort.*)

ARRÊTE, fils coupable, où cours-tu ?..... c'est ta
     mère.....
Je sais tout... Le Sénat accède à ta prière :
Tu pars ; et pour remplir je ne sais quel dessein,
Ce Sénat complaisant t'arrache de mon sein.

M U T I U S.

Puisque vous savez tout, que puis-je vous apprendre !
Je pars.

M U T I A.

     Sans mon aveu.

M U T I U S.

         Quoi ! fallait-il ?...

M U T I A.

L'attendre.

M U T I U S.

Lorsque vous-même ici vous m'avez déclaré
Qu'à jamais votre cœur du mien s'est séparé,

MUTIA.

Oui, mon opinion de la tienne diffère ;
Mais toi, tu méconnais tous les droits d'une mère.

MUTIUS.

En servant mon pays....

MUTIA.

Qui cause mon malheur.

MUTIUS.

En préservant vos jours....

MUTIA.

Flétris par la douleur.

MUTIUS.

Je les embellirai de l'éclat de ma gloire.
Le nom de votre fils vivra dans la mémoire.
Oui, ma mère, abjurez une odieuse erreur.
Dont un fourbe avec art séduisait votre cœur.
Ayez une patrie, et devenez Romaine.

MUTIA.

Trahir....

MUTIUS.

Des préjugés.

MUTIA.

Sacrifier....

MUTIUS.

Sa haine.

M U T I A.

Oublier.... ?

M U T I U S.

Des tyrans.

M U T I A.

Honorer.... ?

M U T I U S.

Des amis.

Voilà ce qui peut rendre une mère à son fils.

M U T I A.

Et c'est en me quittant que ta bouche cruelle
Afflige sans pitié l'amitié maternelle !
Soit justice ou malheur, tout est perdu pour moi,
Et du plus grand naufrage il ne reste que toi.
Je ne reproche pas à ta jeune imprudence
D'avoir de Rome ingrate embrassé la défense ;
Mais pourquoi ce départ subit, mystérieux,
Lorsque tous nos guerriers demeurent dans ces
    lieux ?
Quel projet?... Où vas-tu?... je connais ton audace:
Plus j'en sais les excès, plus ton danger me glace.
Calme ce cœur brisé sous le poids des terreurs....
Je suis ta mère encor ; je le sens à mes pleurs.

M U T I U S.

Si vous l'êtes, songez qu'en me donnant la vie,
Votre amour, par devoir, m'offrit à la patrie:
L'un et l'autre acquittons ce légitime vœu,
Moi du prix de mon sang, et vous de votre aveu.

MUTIA.

Chaque mot qu'il me dit ajoute à mes alarmes.

MUTIUS.

Rome a besoin de plus que de stériles larmes.
Vous affligez mon cœur sans pouvoir l'amollir.
La liberté m'appelle, et je cours la servir.
Si j'échappe aux revers que votre ame redoute,
J'essuierai de ma main les pleurs que je vous coûte.
Adieu, ma mère.   (*Il sort.*)

MUTIA.

        Hélas! veuille le juste Ciel
Que ce funeste adieu ne soit pas éternel!

FIN DU TROISIÈME ACTE.

ACTE IV.

La Scène est au camp de Porsenna, sous les murs de Rome, le Tibre entre deux.

SCÈNE PREMIÈRE.

PORSENNA, ATTALE.

PORSENNA.

Et l'ingrat d'un refus a payé ma clémence ?

ATTALE.

Il a vu la couronne avec indifférence.

PORSENNA.

Quoi, lorsque j'élevais sa fille jusqu'à moi,
Il a pu dédaigner l'alliance d'un roi !

ATTALE.

Ce titre, qu'à genoux la Toscane révère,
Des Romains indignés soulève la colère ;
Sous un sceptre nouveau plutôt que de fléchir,
Jusqu'au dernier d'entre eux vous les verrez mourir.

PORSENNA.

Eh bien ! ils périront : rien ne peut les absoudre.
Dans leurs murs désolés j'irai porter la foudre.

Ils donneront l'exemple à la postérité
Des vengeances d'un roi qu'ils ont trop irrité.
Quoi ! je sers de leurs vœux la fureur intraitable ;
Je les sauve du joug d'un monarque coupable.
Ce Tarquin qu'à l'exil ils avaient condamné,
Je l'abandonne au sort qui lui fut destiné.
Je n'exige rien d'eux que de choisir un maître :
Leur bonheur de ce choix peut tout-à-coup renaître;
Et sourds à mes faveurs, de rebelles sujets
De mon cœur appaisé repoussent les bienfaits.

ATTALE.

Il n'est point de bienfait que celui qu'on desire.
C'est à sa liberté que tout Romain aspire.

PORSENNA.

Leur donner un roi juste, est-ce les en priver ?
Leur permettre un bon choix, est-ce les captiver ?

ATTALE.

Ne pensez plus, Seigneur, à vouloir les convaincre:
Las de négocier, travaillons à les vaincre.
On ne compose point avec la liberté.
Il faut, ou devant elle abaisser sa fierté,
Ou sous un joug de fer l'opprimer sans ressource
Et de son énergie anéantir la source.
L'homme met-il un frein au lion indompté
Dont la vigueur ajoute à sa férocité ?
Non, d'un trait meurtrier il le frappe et l'accable.
Rome a senti sa force, et Rome est implacable.

De sa destruction dépend notre salut.
L'Italie est sans rois si Rome atteint son but.

PORSENNA.

Attale, je le sens : ce que Rome exécute
Des trônes avilis entraînerait la chute,
Et bientôt l'Etrurie, infidèle à ses rois,
Des Dieux, dans leur personne, outragerait le choix.

ATTALE.

Seigneur, du choix des Dieux la Toscane s'honore;
Mais Rome, au même instant, brise un joug qu'elle
          abhorre.
Telle est l'opinion : les trônes, les autels
Sont le jouet constant des erreurs des mortels.
L'opinion détruit ou relève un empire,
Et la force succombe où son pouvoir conspire.
N'attendez pas qu'un jour ce funeste poison
De l'Etrusque docile offusque la raison.
Peut-être trop long-tems vos fidèles cohortes
D'une ville rebelle ont assiégé les portes ;
Peut-être trop souvent des cris contagieux
Ont parmi vos soldats retenti dans ces lieux.
Tout m'est suspect de Rome, et surtout ses otages.
Leur sexe, leurs attraits, leurs vertus, leurs courages
De nos jeunes guerriers attendrissent les cœurs,
Et servent le Sénat mieux que ses défenseurs.

PORSENNA.

C'est pousser un peu loin le zèle qui vous guide,
Attale : que craint-on d'une femme timide ?

ATTALE.

Tout dans une Romaine est à craindre pour nous.
Seigneur, rompez la trève ; éloignez-les de vous,
Et forçant de ces murs la longue résistance,
Des trônes insultés consommez la vengeance.
Si le Ciel (il le doit) accomplit vos desseins,
De la terre sanglante effacez les Romains.
Qu'il n'en échappe aucun : si l'un de ces perfides
Parvient à se soustraire aux glaives homicides,
De la rébellion rallumant le fanal,
Seul, il pourrait encor nous devenir fatal.
Choisissez donc, Seigneur, ou d'oser les détruire,
Ou sous leurs propres lois de les laisser conduire.
Aux murs de Clusium ramenez vos guerriers
L'olivier dans la main ou couverts de lauriers.

PORSENNA.

Funeste extrémité qui compromet ma gloire
Ou par mon indulgence ou par une victoire !
En laissant les Romains arbitres de leurs droits,
Je trahis ma vengeance et la cause des rois ;
En livrant au carnage un peuple magnanime,
J'imprime sur mon front la souillure du crime ;
Et, quelque soit mon choix, pour l'avoir défendu,
Tarquin perd son royaume et je perds ma vertu.

ATTALE.

Et bien, laissez Tarquin et les lâches transfuges,
Qni sous ses étendards ont cherché leurs refuges,
Impuissans alliés, indociles soldats,
Brûlant d'un sot orgueil et nuls dans les combats,

Pour faire réussir vos projets contre Rome ;
Vous n'avez pas besoin du secours d'un tel homme.
C'est pour les opprimer qu'il combat les Romains ;
Vous, c'est pour les rayer du nombre des humains.
Un intérêt si grand.... Mais je vois leurs otages.

SCÈNE II.

PORSENNA, ATTALE, CLÉLIE,
ses onze compagnes otages des Romains , Gardes.

CLÉLIE.

CE jour donne naissance à de nouveaux orages,
Seigneur ; et si j'en crois Arons et ses regrets ,
Les Romains à vos vœux ont refusé la paix.

PORSENNA.

Oui, Madame, il est vrai : leur haine persévère.
Rome n'hésite pas d'aggraver sa misère.
Son injustice éclate ; et sourde à mes bontés,
Elle rejette enfin le plus doux des traités.

CLÉLIE.

Rome n'est point injuste, et lorsqu'elle refuse,
Dans vos offres sans doute elle trouve une excuse.
Le don que fait un roi peut être rejetté ,
Quand le fer à la main il présente un traité ;
Quand de cent mille bras appuyant sa demande ,
Il s'annonce du front d'un maître qui commande,

Et semble bien plutôt, guerrier victorieux,
L'organe des enfers que l'image des Dieux.

PORSENNA.

Ce n'est point en vainqueur, Madame ; c'est en homme
Qui prise le courage et les vertus de Rome
Qu'à l'orgueil du Sénat j'ai proposé la paix ,
Et la paix n'était pas le seul de mes bienfaits.

CLÉLIE.

Ecarter les horreurs d'une odieuse guerre ,
Au joug de nos tyrans pour jamais nous soustraire,
Nous laisser, par les soins d'un Sénat respecté ,
Sur sa base immortelle asseoir la liberté ;
Voilà les seuls bienfaits qui plaisent sur le Tibre ;
Voilà les seuls traités que signe un peuple libre.
Mais je ne puis penser qu'un ami des Tarquins,
Qu'un roi, qui dans leur cause entraîne les Latins,
Dont, depuis plus d'un an , les fureurs oppressives
Du fleuve qui l'arrête ensanglantent les rives ,
Dépose sans motifs un si mortel courroux
Et prenne tout-à-coup des sentimens plus doux,
Le front qu'une couronne entoure de prestiges
Des droits de la nature a perdu les vestiges.
Le trône est par trop haut et le peuple trop bas.
Un roi tient pour bienfait le mal qu'il ne fait pas.
C'est en roi qu'aux Romains vous avez fait connaître
Les bontés d'un vainqueur, la paix que donne un maître ;

Des ruses de l'orgueil l'honneur s'est défendu,
Et c'est en citoyens qu'ils vous ont répondu.

P O R S E N N A.

J'ai droit d'être surpris, Madame, d'un langage
Où vous manifestez une haine sauvage,
Qui sied mal à l'accueil qu'ici l'on vous a fait,
Et surtout aux projets que pour vous on formait.

C L É L I E.

Excusez la candeur d'une républicaine
Qui du masque des cours ne connaît point la gêne.
Ce n'est point au mortel dont les soins généreux
M'ont rendu supportable un exil douloureux,
Ce n'est point au monarque aimé dans l'Etrurie,
Qu'estiment ses voisins, que vante l'Italie;
C'est au roi, protecteur d'un despote étranger,
Qui partage son crime en voulant le venger,
C'est au persécuteur d'un peuple dont la gloire
D'un immortel laurier couvrira la mémoire,
Enfin c'est au tyran de notre liberté,
Fléau de mon pays et de l'humanité,
Que ma franchise parle, et peut-être elle blesse;
Mais mon cœur n'en peut pas déguiser la rudesse.

P O R S E N N A.

Avant de l'accabler de reproches sanglans,
Avant de le ranger au nombre des tyrans,
Examinez au moins cet ennemi farouche
Qu'avec tant de fureur maltraite votre bouche.
Vous dissimulez-vous, Madame, à votre abord

Quels soins officieux Arons et lui d'accord
Ont l'un et l'autre pris pour calmer les alarmes
D'un cœur peu fait sans doute au tumulte des armes,
Par quels tendres respects, par quels ménagemens
De vos sombres ennuis ils flattaient les tourmens?
Mon fils sur-tout, mon fils, de l'aveu de son père,
Au-devant de vos vœux s'empressait pour vous
    plaire.

CLÉLIE.

Seigneur, d'un ennemi les funestes bienfaits
Ou sont intéressés ou cachent des forfaits.

PORSENNA.

Il faut de ces forfaits vous montrer l'étendue
Et que de Porsenna l'ame vous soit connue.
Je voulais sauver Rome et lui rendre la paix,
Au parti de Tarquin renoncer à jamais,
Unir d'un nœud sacré le Tibre et l'Etrurie.
Le Romain, le Toscan n'avaient qu'une patrie;
Ces bataillons nombreux, prêts à vous subjuguer,
Contre vos ennemis ils allaient se liguer :
Je parle.... et du Sénat l'inflexible arrogance
Se révolte au seul nom de paix et d'alliance.
Il veut du sang, Madame :... en faudra-t-il verser?
Vous-même, à votre tour, voudrez-vous m'y forcer?

CLÉLIE.

Qu'entends-je ! et sur ce point que pourrait une
    femme ?

PORSENNA.

Plus que cent mille bras vous y serviez, Madame.

CLÉLIE.

Moi !

PORSENNA.

Vous-même.

CLÉLIE.

A sauver Rome... par quel moyen ?

PORSENNA.

De la paix entre nous vous étiez le lien.
Je mettais à vos pieds Arons et ma couronne,
Et de nos deux États ne faisais qu'un seul trône,
Voilà ma tyrannie et voilà mes forfaits,

CLÉLIE.

Mon père...

PORSENNA.

Le premier mit obstacle à la paix.

CLÉLIE.

Ah ! je reconnais bien son ame magnanime,
Ainsi qu'à l'esclavage inaccessible au crime,

PORSENNA.

Quel crime ?...

CLÉLIE.

Le plus grand, le plus sanglant de tous,
S'il avait consenti de m'unir avec vous.
Non pas que votre fils (je lui rends cet hommage)
N'ait toutes les vertus dont brille le bel âge ;
Mais quel droit aurait-on de disposer d'un cœur

Qui dans sa liberté place tout son bonheur?
Quel droit plus dur encor de flétrir d'infamie
Celle qui donnerait son sang pour sa patrie
Plutôt que de souffrir qu'un nouvel oppresseur
Vînt s'asseoir sur un trône environné d'horreur.
Tu ne le peux, ô Rome! et tu m'as pressentie,
Et ta fille en ce jour te doit deux fois la vie.

PORSENNA.

Ainsi vous refusez....

CLÉLIE.

   Si je refuse..... ô Dieux!
Que la terre à l'instant s'entrouvre sous vos yeux,
Dans ses gouffres profonds m'entraîne et m'en-
  gloutisse,
Si de vos noirs complots j'adopte l'injustice!

PORSENNA.

Eh bien n'en parlons plus, Madame....

ATTALE, *auquel un soldat a parlé.*

        Marcellin
Veut vous parler, Seigneur, de la part de Tarquin.

PORSENNA.

Attale, je ne puis : qu'il retourne à son maître.
Quels que soient mes desseins, je les ferai connaître.
Qu'en ce lieu sur-le-champ les chefs soient rassemblés.

(Attale sort.)

S C È N E I I I.

PORSENNA, CLÉLIE, les Otages.

PORSENNA.

(à Clélie.)

Vous qui brisez les nœuds que j'avais assemblés ;
Vous qui bravez en moi tous les rois d'Italie,
Tremblez pour vos Romains, imprudente Clélie.
Vous demandez du sang : il va couler.

CLÉLIE, *montrant le Ciel.*

Les Dieux
Sont là pour arrêter un tyran furieux.

S C È N E I V.

PORSENNA, ATTALE, Chefs de l'armée, CLÉLIE, Les Otages, Soldats.

PORSENNA.

La guerre recommence et la trêve est rompue.
(à un des Chefs.)
Phanor, des légions préparez la revue :
Que les tours, les béliers, instrumens des combats,
Soient prêts à seconder la valeur des soldats ;
Et que chacun d'entre eux reçoive, par avance,

De leur solde d'un mois la juste récompense.
Moi, je vais informer mes nouveaux alliés
Que demain ces remparts tomberont à leurs piés.

C L É L I E.

Seigneur, des nations si j'en crois les usages,
Le retour de la guerre affranchit les otages.
Souffrez donc....

P O R S E N N A.

   Cent captifs confiés aux Romains
Vous retiennent encore à leur place en mes mains.
Les contours de ce camp sont les seules limites
Qu'à votre liberté ma prudence a prescrites.
(*Il sort avec sa suite.*)

S C È N E V.

C L É L I E, ses compagnes.

C L É L I E.

Tyran, tu me retiens dans un camp détesté ;
Crois-tu d'une Romaine abattre la fierté ?
Prétends-tu l'accabler, ne pouvant la réduire,
Et fatiguer ce cœur que tu n'as pu séduire ?
Non, ne t'en flatte pas. Sois injuste, oppresseur ;
Mon ame, dans tes fers, sent toute sa grandeur ;
Tu pensais m'élever en m'offrant des couronnes ;
La liberté romaine est au-dessus des trônes.

Et toi dont le destin m'est encore inconnu,

De ta captivité sans doute revenu,
O Mutius ! pour qui ton amante en otage
Croit de ta délivrance être aujourd'hui le gage,
Que fais-tu loin des lieux où ces rois conjurés
Insultent aux sermens que ma foi t'a jurés ?
Viens à ces potentats de qui l'orgueil délire
Montrer que tes vertus valent mieux qu'un empire.
Que dis-je, Mutius ! c'est en perçant leur sein
Que tu dois affermir l'honneur du nom romain.
C'est en portant ici la mort et le carnage
Que tu peux me venger d'un tyran qui m'outrage.

SCÈNE VI.

PHANOR, FÉLIX, Soldats Étrusques,
portant des caisses remplies d'argent ; CLÉLIE,
ses compagnes ; MUTIUS, *déguisé parmi*
les Étrusques.

PHANOR.

FÉLIX, dans un moment nos soldats réunis
De leurs prochains travaux vont recevoir le prix.
Vers nos tentes déjà les Rutules s'avancent ;
Et prompts à m'obéir les Volsques les devancent.
Marchons : puisse cet or, à l'ennemi fatal,
De sa destruction devenir le signal !
(*Les Soldats défilent pendant le couplet suivant :*
Phanor les précède.)

MUTIUS, *en Soldat Toscan, à l'écart.*

C'est elle.... je la vois..... ô Mutius ! réprime
Un sentiment trop doux ; et songe à ta victime.

(*Il désigne Phanor qui sort.*)

La voilà.... Ma présence échappe à tous les yeux :
Jusqu'auprès de son cœur conduisez-moi, grands
  Dieux !
Quand j'aurai satisfait au vœu de ma patrie,
Tonnez, Dieux paternels, et reprenez ma vie.

(*Il sort en suivant de l'œil Phanor qu'il prend
   pour le roi.*)

SCÈNE VII.

CLÉLIE, ses compagnes.

CLÉLIE.

Ah ! vous ne savez pas, ô Rome ! ô mon amant !
Tout ce qui contre vous se trame en ce moment.
Mais quel éclat subit !.... est-ce un Dieu qui m'é-
  claire ?...

(*à une de ses compagnes.*)

Je pourrais... oui sans doute... Albine, viens, ma
  chère :

(*aux autres otages qui s'approchent d'elle.*)

Et vous, écoutez-moi. Tandis qu'à ces soldats
On dispense le prix de leurs assassinats,
Que la soif de l'argent suspend leur vigilance,

Vers la rive du fleuve avançons en silence.
Son onde de ce camp arrose les contours,
Et Rome, à l'autre bord, leur oppose ses tours.
Peut-être d'un signal prévenant sa détresse,
Nous l'instruirons à tems du danger qui la presse;
Peut-être que le Tibre, aidant nos faibles mains,
Va s'unir avec nous pour sauver les Romains.

(Elles sortent à pas lents.)

SCÈNE VIII.

MUTIUS, un Officier et des Soldats Étrusques.

L'OFFICIER *à ses Soldats qui poursuivent Mutius.*

Hatez-vous; entourez, saisissez le coupable.
(à Mutius qui fuit.)
Ne crois pas échapper, meurtrier détestable.

MUTIUS.

Je ne m'en flatte pas, et j'ai dû le prévoir.
(Il donne son épée.)
Tenez, prenez ce fer.... il a fait son devoir.
Mais pourquoi tant d'efforts s'il faut que je périsse?

L'OFFICIER.

Pour te réserver, traître, au plus affreux supplice.

MUTIUS.

Eh bien frappez, bourreaux : vos coups sont atten-
dus.

J'ai rempli mes destins ; mon ennemi n'est plus.
Il est mort.... le Tartare a dévoré sa proie.
Dans le gouffre infernal qu'avec lui je me noie!
J'y poursuivrai son ombre au fond des sombres
      bords,
Pour y doubler sa peine et croître ses remords.
Vous ne parviendrez point à flétrir ma mémoire ;
L'échafaud va former un trophée à ma gloire,
Et mon nom redouté doit servir en tout tems
D'exemple aux nations, d'épouvante aux tyrans.

(On l'emmène.)

FIN DU QUATRIÈME ACTE.

ACTE V.

SCÈNE PREMIÈRE.

PORSENNA, ATTALE, Soldats.

PORSENNA.

Je ne le puis céler, cher Attale, ton roi
Sent, malgré lui, son cœur saisi d'un sombre effroi.
Tu sais le coup fatal dont Phanor est victime ;
Ce jour vient d'être encor témoin d'un nouveau
  crime.
Les otages romains qu'arrêtaient près de moi
Le droit des nations, mes bontés et leur foi,
De nos retranchemens ont franchi la limite
Et vers les murs de Rome ensemble pris la fuite.

ATTALE.

Quelque traître en ce camp osa donc les servir ?

PORSENNA.

Non. Une ame que rien n'a jamais pu fléchir,
Cette ingrate Clélie et sa haîne implacable,
Voilà de ce forfait la cause et la coupable.

ATTALE.

Quoi, seule ! . . .

PORSENNA.

    Près du bord où, sans autre rempart,
Le Tibre, par ses eaux, nous sert de boulevard,
Elle allait à pas lents, et sa vue attendrie
Fixait tranquillement les murs de sa patrie;
Le respect à l'écart retenait nos soldats :
Ses compagnes suivaient la trace de ses pas.
Tout-à-coup on les voit s'élancer sur la plage,
Et d'accord dans les flots se jetter à la nage.
Le fleuve modérant son cours impétueux,
Anime leur audace et seconde leurs vœux.
Plus vîte que l'éclair, la troupe fugitive,
Sans obstacle, à nos yeux, parvient à l'autre rive.
Chefs, soldats, tout accourt : mais le trait meurtrier
Demeure suspendu dans la main du guerrier.
On s'étonne, on frémit, on admire, on murmure,
Et Rome, dans son sein, donne asyle au parjure.

ATTALE.

Seigneur, rien n'est sacré pour des séditieux.

PORSENNA.

Et le crime succède à ce peuple odieux.
Il semble que le Ciel veuille prouver qu'à Rome
Le moindre citoyen est toujours plus qu'un homme;
Et la nature, ailleurs avare de vertus,
Y produit sans efforts des Coclès, des Brutus.
L'assassin de Phanor.

ATTALE.

    Le voici qui s'avance.

PORSENNA.

Je sens que mon tourment redouble à sa présence.

––––––––––––––––––––––––––––––––––––––

SCÈNE II.

PORSENNA, ATTALE, MUTIUS *enchaîné*,
Officiers, Soldats, Prêtres, Aruspices.

(On apporte un autel sur lequel un brasier est
allumé. Les Prêtres se rangent à l'entour.)

MUTIUS.

Ou me conduisez-vous, vils esclaves d'un roi ?
Frappez : la mort n'a rien de terrible pour moi.

PORSENNA.

(à part.)

Quel front ! viens, malheureuxet, réponds à ton juge.

MUTIUS.

Mon crime est avéré : qu'il prononce, qu'il juge.
Soit justice ou vengeance, ordonne mon trépas.
Je l'ai bien mérité ; je ne m'en défends pas.

PORSENNA.

Avant que d'expirer au milieu des supplices,
Il faut nous découvrir ton nom et tes complices.

MUTIUS.

Je suis Romain. Un fer par le ciel dirigé
Et ma haine ; voilà les complices que j'ai.

PORSENNA.

Quel sujet dans ton ame alluma cette haine ?
Sais-tu d'un assassin quelle est la juste peine ?

MUTIUS.

Peux-tu le demander ? Et quel est le Romain
Qui ne veuille, à ce prix, qu'on le nomme assassin ?

PORSENNA.

Ainsi de tes pareils la main n'est donc armée
Que pour assassiner les chefs de mon armée ?

MUTIUS.

De ton armée !.... ô Ciel !!... me-serais-je trompé ?
Le cœur de Porsenna m'aurait-il échappé ?

PORSENNA.

Barbare, c'est à moi qu'en voulait ta furie.

MUTIUS.

Et quel autre trépas importe à ma patrie ?

PORSENNA.

Comment ! du front d'un roi la sainte majesté,
Sur le point de frapper, ne t'eût point arrêté

MUTIUS.

Sois roi chez les Toscans : pour moi tu n'es qu'un
    homme,
L'égal et l'ennemi des citoyens de Rome.
Mon égal, ton bandeau n'a pas pu m'aveugler;
Mon ennemi, je dus chercher à t'immoler.

PORSENNA.

Il fallait donc au moins, dans les champs de la
　　　gloire,
Chercher à m'immoler des mains de la victoire;
Au choc d'une bataille en courir le hazard
Et ne pas lâchement me percer d'un poignard.

MUTIUS.

Voilà de tes pareils la gloire accoutumée:
Ils ne sont des héros qu'entourés d'une armée.
Leur audace impuissante assemble des soldats
Qu'elle expose, à leur place, au danger des combats.
Certes! l'honneur est sûr et la gloire facile,
Quand au bras d'un guerrier on en oppose mille.
Seul, dans ce différend, n'es-tu pas l'aggresseur;
Seul, de ces légions le chef et le moteur?
Sans toi, quels intérêts auraient-ils à défendre?
A te combattre seul je n'ai pas dû prétendre;
Il ne me restait donc qu'un poignard et la mort.

PORSENNA.

Et d'un vil assassin tu vas subir le sort.

MUTIUS.

Tu mérites ce titre autant que moi peut-être:
Comparons nos moyens, et tu vas te connaître.
Toi, pour assassiner tout le peuple romain,
De cent mille soldats tu peux armer la main;
Moi, pour soustraire Rome au désastre, au carnage,
Je ne puis employer qu'un bras et mon courage.

De nombreux alliés se liguent avec toi ;
Je suis seul, et je n'ai d'assistance que moi.
L'or abonde en tes mains et sert bien ta furie ;
Je n'ai qu'un peu de fer pour t'arracher la vie.
Tu n'es qu'un assassin de pourpre revêtu ;
Je suis un assassin paré de ma vertu.

PORSENNA.

Ainsi ta passion te rend tout légitime ;
Tu mets au même rang la puissance et le crime ;
Et des Dieux vainement les décrets éternels
A d'infaillibles lois ont soumis les mortels.
Songe qu'ils puniront ta téméraire audace,
Et qu'au fond du Tartare ils ont marqué ta place.

MUTIUS.

N'invoque point tes Dieux : tu ne les fais méchans
Qu'afin de leur donner les vices des tyrans.
Leur courroux, que tu peins sous des couleurs si-
    nistres,
C'est le tien ; c'est celui de leurs cruels ministres.
Ce fut pour aggrandir leur injuste pouvoir
Que s'unirent entre eux le sceptre et l'encensoir,
Et pour mieux l'enchaîner, leur malice profonde
Du bandeau des erreurs environna le monde.
Qu'un Etrusque, un Véïen, fléchissent sous leurs
    rois,
Que d'un fourbe aruspice ils respectent la voix,
Un tel abaissement convient à des esclaves ;
Mais l'habitant du Tibre a brisé ces entraves :

Son guide est la raison, ses rois la liberté,
Son culte la vertu, ses droits l'égalité.

PORSENNA.

Quoi ! le meurtre d'un roi qui défend son semblable
Serait une vertu chez un peuple équitable ?

MUTIUS.

Qui protège un tyran est tyran à son tour,
Et tout mortel a droit de le priver du jour.
Tes sujets qu'abrutit l'erreur où tu les plonges,
Ne sentent la vertu qu'à travers tes mensonges ;
Mais un républicain qui juge par son cœur
La tient de la nature et non pas de l'erreur.
La vertu d'un esclave est dans l'obéissance ;
Celle de l'homme libre est dans la résistance.

SCÈNE IV.

PORSENNA, les précédens, un Soldat.

LE SOLDAT, à Porsenna.

Des Romains, précédés par des signes de paix,
Du camp, pour vous parler, sollicitent l'accès,
Seigneur.

PORSENNA.

Que veulent-ils ?... qu'ils viennent.
(Le soldat sort.)

SCÈNE V.

PORSENNA, ATTALE, MUTIUS, Suite.

PORSENNA, *continuant.*

Ma justice
Va les rendre à l'instant témoins de ton supplice.
C'est le premier signal que je donne à leur foi
Des faveurs qu'un Romain doit attendre de moi.

MUTIUS.

Courage, Porsenna : tourmente ta victime.
Sur le point d'y tomber, approfondis l'abîme.
Jouis du court délai que te laisse la mort.
Près des miens tes momens sont marqués par le sort.
Mon supplice est déjà trop différé peut-être.
Sans doute mes vengeurs ont appris à connaître
Le but où doit prétendre et frapper leur courroux ;
Et ne te flatte plus d'échaper à leurs coups.

PORSENNA.

Que dis-tu ?

MUTIUS.

Ton arrêt.

PORSENNA.

Achève.

M U T I U S.

　　　　　　　　　　　　　　　　　Mon silence
Par ton inquiétude accroîtrait ma vengeance,
Mais certain du succès, pourquoi dissimuler ?
Du bord de mon cercueil je t'aurai vu trembler.
Apprends donc que ton camp renferme en son en-
　　　ceinte
Trois cents jeunes guerriers, incapables de crainte,
Par les mêmes sermens conjurés avec moi,
Et dont les yeux actifs restent fixés sur toi.
Brûlant de t'immoler, ils veillent sur leur proie.

P O R S E N N A.

Voilà donc les moyens qu'à Rome l'on emploie !

M U T I U S.

Tu médites leur perte ; ils trament ton trépas.
Chacun d'eux te poursuit : tu ne peux faire un pas
Que l'ombre d'un Romain attaché sur ton ombre
Des dangers que tu cours n'accumule le nombre.

P O R S E N N A.

Qu'on le tienne à l'écart : j'apperçois les Romains.

　　　　　　　　　　　　(*On entraîne Mutius.*)

SCÈNE VI.

PORSENNA, ATTALE, leur Suite ;
PUBLICOLA, CLÉLIE, les Otages
romains.

ATTALE.

Seigneur, c'est le Consul : il se met en vos mains.
Vous pouvez....

PORSENNA, *à part à Attale.*

Obtenir un triomphe stérile.
Pour commettre un forfait il faut qu'il soit utile.
Quel mal ferais-je à Rome, où chacun, après lui,
Peut monter à ce rang qu'il occupe aujourd'hui.

(*Il regarde les Romains.*)

Mes yeux, me trompez-vous ?... les otages !.. Clélie !

PUBLICOLA.

Ne crois point, Porsenna, que jamais Rome oublie
Les devoirs solemnels de ses engagemens,
Qu'une imprudence serve à trahir ses sermens.
Le Sénat les confirme et te rend les otages.
Mais, en te remettant les déplorables gages
D'un traité qui déjà devrait être accompli,
Fasse le juste Ciel que son vœu soit rempli !

PORSENNA.

Je sais quels sont les vœux qu'on fait au bord du
Tibre.

PUBLICOLA.

Rome n'en fait qu'un seul ; c'est celui d'être libre.

PORSENNA.

Et cette liberté qu'elle croit obtenir,
C'est donc par des poignards qu'elle y veut parvenir?

PUBLICOLA.

Qu'entends-je ?

PORSENNA.

C'était peu de braver ma puissance ;
De rejetter l'honneur d'une illustre alliance,
De refuser la paix que j'ai voulu donner ;
Il fallait donc encor me faire assassiner.

PUBLICOLA.

Prête au moins au Sénat des forfaits plus croyables.

PORSENNA.

Quoi ! lorsque dans les fers j'ai le chef des cou-
pables !

PUBLICOLA.

Leur chef !

PORSENNA.

Tu vas le voir.

(Attale sort.)

SCÈNE VII.

PORSENNA, PUBLICOLA, CLÉLIE,
les Otages, MUTIUS, Prêtres, Aruspices,
Soldats.

PUBLICOLA.

Qui!... Mutius... ô Dieux !

PORSENNA.

Eh bien, reconnais-tu ce mortel odieux?

CLÉLIE, *se jettant dans les bras de Mutius.*
C'est lui !....c'est mon amant ! Mutius....

MUTIUS.

Ah ! Clélie,
Les Dieux ont donc voulu qu'en sortant de la vie,
Un rayon de bonheur pénétrât jusqu'à moi,
Puisqu'ils m'ont accordé de mourir près de toi.

PORSENNA.

Eh quoi ! mon assassin est l'amant de Clélie !

CLÉLIE, *à Porsenna.*
Cruel, viens confirmer le serment qui nous lie,
Faire d'un jour de mort notre jour le plus beau,
Et réunir nos cœurs sur les bords du tombeau.

PORSENNA, *à Clélie,*
Que dis-tu ?

CLÉLIE.

Porsenna, Clélie est sa complice.
J'aurais à Rome offert ce juste sacrifice,
Si ma main désarmée avait pu t'immoler :
Sa faute et mon desir peuvent donc s'égaler,
Et ta vengeance doit, en découvrant deux crimes,
D'un seul et même coup atteindre deux victimes.

PORSENNA, (à part.)

Ils ébranlent mon ame au lieu de l'endurcir.
Faut-il les admirer quand je dois les punir ?....

(à Clélie.)

Clélie aime donc mieux......

CLÉLIE, *l'interrompant.*

Quoique ce choix t'étonne,
Le trépas avec lui qu'Arons et ta couronne.

MUTIUS.

Ah ! n'offre pas, Clélie, à son barbare cœur
D'un nouvel attentat la facile douceur.
Laisse-le sur moi seul épuiser sa colère :
Je suis trop malheureux.... ma faute est trop légère,
Il vit : je n'ai commis qu'un crime superflus.
Rome n'est point vengée et ses vœux sont déçus.

(*Il contemple sa main.*)

O toi, lâche instrument d'un forfait inutile !
Toi dont les coups sont vains et la vigueur stérile!
Toi dont l'erreur fatale attache sur mon front,
Au lieu d'un grand honneur, un éternel affront

Toi qui pus sauver Rome et, dans ce jour peut-être,
Apprendre à l'univers à se passer de maitre,
Ma main !.... tu m'as trahi.... reçois ton châtiment
Et le prix mérité de ton égarement.

(*Il la plonge dans le brasier qui brûle sur l'autel.*)

PORSENNA.

Qu'on l'éloigne.

PUBLICOLA.

O douleur !

PORSENNA.

Quel horrible spectacle !

MUTIUS, *aux soldats qui l'arrachent de l'autel.*

A sa punition ne mettez point obstacle :
Elle est trop criminelle.

PORSENNA.

Arrête : ta rigueur
Fait frémir la nature et me saisit d'horreur.
Ta main que tu punis, ta main n'est pas coupable.
Son erreur vient des Dieux. Leur justice immuable
A voulu que des rois le front majestueux
Des complots des mortels fût préservé comme eux.

MUTIUS.

D'un langage imposteur éloigne l'artifice
Et ne blasphême pas l'éternelle justice.
Dans la même balance elle met les humains
Et ne distingue pas l'ouvrage de ses mains.

Les rois que de ses coups ton orgueil veut absoudre,
S'ils sont plus élevés, sont plus près de la foudre.

SCÈNE VIII et dernière.

PORSENNA, MUTIUS, PUBLICOLA,
CLÉLIE, ATTALE, Prêtres, Chefs et
Soldats toscans, Otages, Romains de la suite
de Publicola.

ATTALE, *à Porsenna et à part.*

AH Seigneur ! de Tarquin l'insupportable orgueil
Jette dans votre camp la révolte et le deuil.
Ses fureurs des soldats ont lassé le courage
Et ce n'est qu'en fuyant qu'il échappe à leur rage.

PORSENNA.

Tarquin a pris la fuite !

ATTALE.

                Et tous vos alliés
Par lui de leurs sermens se croyant déliés,
Vous laissant diriger le char de la victoire,
Désertent vos drapeaux et s'éloignent sans gloire.
Le désordre est au comble et les dangers pressans.
Vous le dirai-je enfin ?… Jusqu'au cœur des Tos-
     cans
Le poison de l'erreur nous a paru s'étendre.
Des cris de liberté, de paix, se font entendre.

PORSENNA.

O Ciel ! dissimulons : c'est la vertu d'un roi.

(*aux Etrusques.*)

Mes fidèles sujets obtiendront tout de moi.
Oui, Rome que je hais, Rome qui m'assassine,
Rome dont je voulais consommer la ruine,
Tarquin te justifie : il m'éclaire, et je vois
Qu'il suffisait de lui pour avilir les rois.

PUBLICOLA.

Rome ne prétend pas te disputer ce titre
Ni des peuples entre eux se déclarer l'arbitre.
Que le front du Toscan se courbe sous ta loi ;
Chaque Etat à son gré peut disposer de soi.
Rome crut être heureuse en cédant sa puissance ;
Tu vois ce qu'elle doit à son expérience.
Laisse faire les Dieux. Retire les Toscans ;
Préfère une paix douce à des lauriers sanglans.
Rome dans les combats a connu ta vaillance ;
Donne-lui le plaisir d'honorer ta prudence.
Qu'elle apprenne elle-même à la postérité
Qu'un roi sut une fois servir l'humanité.

PORSENNA.

(*à Publicola.*)

Consul, je puis encor, n'écoutant que ma haine,
Retarder quelque tems la liberté romaine ;
Mais je sens que les Dieux, arbitres des combats,
Arrêtent ma vengeance et désarment mon bras.

(à *Mutius.*)

Faisons la paix.... Et toi dont la vertu barbare
Offre au patriotisme un dévouement si rare,
Viens avec nous jurer et sur le même autel,
Recevoir de ton crime un pardon solemnel.
Ne crois pas cependant devoir à ton audace
La paix de ton pays, sa liberté, ta grace.
Tarquin, par son orgueil, fait pour Rome et pour toi
Plus que tous les poignards dirigés contre moi.

MUTIUS.

Porsenna, Rome est libre, et j'obtiendrai Clélie :
A ce prix j'aime encor le bienfait de la vie.
Les peuples apprendront par l'erreur de ma main,
Quand ils sont opprimés, à quoi tient leur destin.
Leurs tyrans confondus reconnaîtront peut-être
Qu'un peuple est souverain aussitôt qu'il veut l'être;
Et le monde affranchi sous l'empire des lois,
Maintiendra les vertus à la place des rois.

FIN.